光文社古典新訳文庫

スペードのクイーン／ベールキン物語

プーシキン

望月哲男訳

kobunsha classics

光文社

Title : ПИКОВАЯ ДАМА
1834

ПОВЕСТИ ПОКОЙНОГО ИВАНА ПЕТРОВИЧА БЕЛКИНА
1831

Author :А. С. Пушкин

目次

スペードのクイーン／ベールキン物語

スペードのクイーン

スペードのクイーンは密かな悪意を意味する。

『最新版カード占い』

一

天気の悪い日は
よく集まって
卓を囲んだものだ
カードの端を折り
五十の賭け金を（なんと！）
倍の百にして
そうして取ったり
また取られたり
その都度チョークで収支計算
それが天気の悪い日に
皆でしていた
お仕事[1]

ある日、近衛騎兵《このえきへい》のナルーモフの家でカードの勝負が行われた。長い冬の一夜もあっという間に過ぎて、皆が夜食の席に着いたのはもう朝の四時過ぎだった。勝って儲けた者たちはがつがつと食べ、そうでない者たちはうつろな顔で、空《から》の皿を前に座っている。しかしシャンパンが現れると俄然《がぜん》舌もなめらかになり、皆が会話に加わった。

「成績はどうだった、スーリン君？」家主がたずねる。

「負けだよ、いつもの通り。つくづく僕にはツキがないんだね。ずっと賭け金《ミランドール》も変えず、決して熱くもならず、何があっても気が散ることはないんだが、それでいて負けてばかりさ！」

「というと、一度も冒険してみようとは思わなかったのかい？　ルテ[2]でいってみようとかさ……まったく、僕なんかにすれば驚くべき意志の強さだね」

「それを言うならあのゲルマン君はどうだい！」客の一人が若い工兵将校を指さして言った。「生まれてから一度もカードを手にしたこともなければ、倍賭けだといってカードの端を折ったこともないくせに、朝の五時まで我々に付き合って、じっと勝負を観察しているんだぜ！」

「勝負事は大好きなんです」ゲルマンが応じた。「ただ僕は、余計な金を稼ごうとして必要な金をつぎ込むような、贅沢な身分じゃないのです」

「ゲルマン君はドイツ人だから計算が先に立つ――それだけのことさ！」客のトムスキーが口をはさむ。「それより僕に分からないのはうちの祖母、あのアンナ・フェドートヴナ伯爵未亡人だよ」

「というと？　どういうことだい？」皆が口々に問いただす。

「僕には納得できないのさ」トムスキーは続けた。「どうしてうちの祖母がカードの勝負をしないのかがね！」

「一体どこが不思議なんだね？」ナルーモフが言い返した。「八十の婆さんが博打《ばくち》を

1　プーシキン自作の戯詩（一八二八）。デカブリストの作家K・ルィレーエフとA・ベストゥージェフ＝マルリンスキー作の「扇動歌」のもじりと見られる。

2　ルテは連勝するラッキーカードを意味するが、ここでは、同一のカード（数）に賭け金を上乗せして賭け続け、一度の勝ちで一挙に負けを取り戻そうとする手法を指す。

しないからって」

「というと、みんなあの人のことを何も知らないんだね？」

「知らん！　まったく知らんぞ！」

「へえ、じゃあ話すとしよう——まず言っておくが、うちの祖母は六十年ほど前にパリに滞在していて、あちらでは大変な人気者だったそうだ。どこへ行っても、モスクワのヴィーナス《ラヴェヌス・モスコヴィート》を一目見たいという連中に追い掛け回された。あのリシュリュー[3]も言い寄ろうとした口で、祖母の話では、冷たくしたら自殺しそうになったらしい。

　当時ご婦人方がするカードの種目はファラオ[4]だった。あるとき宮廷でのゲームで、祖母はオルレアン公を相手に現金も持たずに信用で勝負して、何だかものすごい額の負けを作ってしまった。家に帰ると彼女は、顔の付けぼくろを取ったり、スカートの張り骨を外したりしながら、祖父に負けた金額を告げ、支払うように命じた。

　今は亡き祖父は、僕の記憶では祖母の執事みたいな存在だった。つまり祖母のことを火のように恐れていたんだが、しかしそこまでひどい負けを作ったと聞くと、さすがにかっとなった。帳簿をもってきて、自分たち夫婦が半年ですでに五十万ルーブリもの金を遣ったことを証拠立て、モスクワ郊外やサラトフになら自分たちの領地があるが、パリの近所にはそんなものはないのだからと言って、きっぱりと肩代わりを拒否したのだ。祖母は祖父に平手打ちを食わせると、さも機嫌が悪そうに一人で寝てしまった。

3　リシュリュー公ルイ・フランソワ・アルマン・ド・ヴィニュロー・デュ・プレシ（一六九六〜一七八八）。十七世紀の大宰相リシュリューの甥の子。内廷侍従長、陸軍元帥としてルイ十四世と十五世の宮廷につかえ、老齢になっても浮名を流した。

4　十八世紀から十九世紀にかけて欧米で流行したカードゲーム。子はエースからキングまで十三枚の持ち札から一枚を選び、裏向きにおいて賭け金を添える（あるいはチョークで記す）ことでベットする。親（胴元）はシャッフルされた五十二枚の持ち札から二枚の札をめくって自分の右と左に置く。右のカードの数字が賭け札と一致した子は負け、左と一致した子は勝ち、後はノーカウントとして据え置く。以上を一ターンとしてゲームを続け、親の持ち札が全部開かれたら一ラウンド終了となる。ゲームの名は、カードのキングがエジプトのファラオの姿をしていたからだとされる。英語名はファロ。

5　帝政時代のヴォルガ中流域の県（現在は州）。県都サラトフは水上交通と交易の要衝として栄えた。

翌朝祖母は、さぞかしお仕置きが効いただろうと思って夫を呼びつけたが、夫の態度には何の変化もない。そこで生まれて初めて夫に向かって説得と釈明をすることになった。借金にもいろいろあること、身分のある者が馬車職人のようなまねはできないことを優しく説いて、反省させようとしたのだ。ところがどっこい、祖父は言うことを聞かない。だめだ、の一点張りなんだ。祖母は途方にくれてしまった。

祖母はある非常に有名な人物と近しい関係にあった。諸君はサン＝ジェルマン伯爵[6]の名を聞いたことがあるだろう。不思議な噂の多い人物だよ。なにしろ、我こそはかの彷徨《さまよ》えるユダヤ人[7]だ、生命の霊液やら賢者の石やらの考案者だと名乗っていたんだから。世間では山師として馬鹿にされていたし、例のカサノヴァ[8]は回想録の中で、この人物がスパイだったと語っている。しかしサン＝ジェルマンは確かに謎の多い人物ながら、押し出しはきわめて立派で、社交界ではすこぶる人当たりのよい人物だった。祖母は今でもこの人物にすっかり心酔していて、誰かが馬鹿にしたりすると怒るんだ。祖母にはこのサン＝ジェルマンなら巨額の金でも融通が利くだろうという心当たりがあった。そこでこの相手にすがることにした。手紙を書いて、即刻お越し願いたいと伝えたのだ。

年老いた変人はすぐにやってきたが、見ると招いた当人は嘆きのどん底にいる。そうして客に向かって血も涙もない夫の仕打ちを口を極めて罵《ののし》ったあげくに、今となってはあなたの友情と優しさにすべての望みを託すしかない、とすがったのだった。サン＝ジェルマンは、はたと考え込んだ。

『その額の金を融通させていただくことは可能です』と彼は言った。『しかしもしそうすると、奥様は私に借りを払い終わるまでは心安らかでないでしょうし、私としても奥様を新しい厄介ごとに巻き込みたくはありません。一つ他の手段があります。賭けで勝って返せばいいのです』

6　十八世紀のヨーロッパ社交界を中心に活躍した謎の人物。科学や芸術に精通し、諸言語を操り、東洋学や錬金術などにも造詣が深かった。

7　刑場へ引かれるキリストを侮辱した罰で、永遠に世界を彷徨うさだめとなったという、伝説上の人物。

8　ジャコモ・カサノヴァ（一七二五〜九八）。ヴェネツィアの出身で、生来の機知と魔術や法律の知識を武器に外交官、スパイ、哲学者、魔術師などとしてヨーロッパの宮廷で暗躍した人物。一七五〇年代には宗教裁判で有罪となり、ヴェネツィアの監獄に幽閉される。女性遍歴でも有名。著作に『我が生涯の物語（カサノヴァ回想録）』。

『でも、伯爵』祖母は応えた。『お話ししたとおり、もはやうちにはまったくお金がないのですよ』

『金は必要ありません』サン＝ジェルマンは言い返した。『私の話をお聞きなさい』

そう言って彼は祖母にある秘密を明かした。我々の誰もが大枚はたいてでも知りたくなるような秘密をね……」

若い勝負師たちは耳をそばだてた。トムスキーはパイプに火をつけると、深々と一服してから先を続けた。

「その晩祖母はヴェルサイユを訪れ、王妃の間《オ・ジョー・ドラレーヌ》でのゲームに加わった。オルレアン公が胴元をつとめていた。祖母は負け金を持参しなかったことを軽く詫び、言い訳にちょっとした作り話を添えると、公に勝負を挑んだ。彼女は三枚のカードを選び、順番に賭けていった。すると三番とも一発《ソニカ》で目が出て、祖母はすっかり負けを取り返したのさ」

「偶然だよ！」客の一人が言った。

「作り話さ！」ゲルマンが口をはさむ。

「ありうるさ、いかさまカード[9]だろう？」別の一人が突っ込みを入れた。

「それはないな」トムスキーがもったいぶって答えた。

「おかしいじゃないか！」ナルーモフが言った。「せっかく三枚連続で出札の先読みができるような婆さんを持ちながら、お前さんはいまだにその秘術を会得していないのかい？」

「そこが忌々しいところさ」トムスキーは答えた。「祖母には四人息子がいて、うちの父もその一人だ。四人そろってギャンブル狂なんだが、祖母は息子の誰一人にも自分の秘密を明かさなかったんだ。教わっていれば息子たちにしても、また孫の僕にしても、結構助かっていただろうにね。ただし叔父の伯爵イワン・イリイチからこんな話を聞いたことがある。叔父は名誉にかけて本当の話だと言っていたがね――チャプリツキーという、あの何百万もの財産を使い果たして極貧のうちに死んでいった人物のことだが、これが一度若いころに大負けをした。確か相手はゾーリッチ[10]で、負け金はおよそ三十万だ。本人は絶望のどん底さ。祖母はいつだって若者の軽はずみには厳し

9 ここではカードの表面を粘着性の顔料で細工して数をごまかす手口のこと。
10 セミョーン・ゾーリッチ（一七四五～九九）。エカテリーナ二世の寵臣の一人で、博打好きとして有名だった。

い女性だったが、このときはどうしてかチャプリツキーに情けをかけたんだね。祖母はこの男に三枚のカードを教え、順番に賭けるように言った。ただし、今後一切勝負事はしないという誓約を取り付けたうえでね。チャプリツキーは負けた相手のところへ行き、さしで勝負を再開した。チャプリツキーは最初のカードに五万を賭け、一発《ソニカ》で勝った。それから倍賭け《パロレ》、次は儲け分全額賭け《パロレ・ペ》て、なんと負けた金をすっかり取り返した上に儲けが出たそうだ……。

でも、もう寝る時間だね。六時十五分前だよ」

実際、すでに空が明るんでいた。青年たちはグラスを干して、銘々のねぐらに散っていったのだった。

二

「どうやらあなた、侍女たちの方が断然お気に入りのようね」
「仕方がないでしょう、奥様。だってぴちぴちしていますからね」

『社交界の会話』[11]

老伯爵夫人は自宅の化粧部屋の鏡の前に座っていた。三人の小間使いが夫人を取り巻いている。一人は紅の壺を、もう一人はヘアピンの小箱を、もう一人は炎のような色のリボンがついた丈の高い帽子を持っていた。すでに衰えて久しい容色を今更取り戻そうなどという気はさらさらなかったが、それでも伯爵夫人は若いころ身につけた習慣を何一つおろそかにせず、一七七〇年代の流行を忠実に守って、六十年前と同じように時間をかけて念入りに身支度をしているのだった。窓辺に座って刺繍《ししゅう》をしている令嬢は、夫人の養女である。

「おはようございます、お祖母さま《グランママン》」若い将校が入ってきてあいさつした。

「おはよう《ボンジュール》、リーズさん《マドモワゼル・リーズ》12。お祖母さま、一つお願いがあるのですが」

「なんなの、ポール」

「友人を一人紹介させてください。そうして金曜日のお宅の舞踏会にも招きたいのですが」

「直接舞踏会にお連れしなさい。その時に紹介してくれればいいわ。お前昨夜は＊＊のお宅に行ったの」

「もちろん！　大変楽しくて、朝の五時まで踊りましたよ。エレツカヤさんのきれいだったこと！」

「あら、あきれたわ！　あの方のどこがきれいなのかしら？　あの方のお祖母さまの、ダリヤ・ペトローヴナ公爵夫人の美しさときたら、とてもあんなものじゃなかったわよ……ところで、あの方もさぞかし老《ふ》けたことでしょうね、あのダリヤ・ペトローヴナ公爵夫人も」
「老けたですって？」トムスキーはうっかり応じた。「七年ほど前に亡くなっていますよ」
　窓辺にいる令嬢が顔を上げ、青年に合図をした。そこで彼は、この同年配の女性が
死んだことを老伯爵夫人には隠してあったのを思い出して、唇を噛んだ。しかし伯爵
夫人のほうはこの耳新しい知らせを、いとも平然と受け止めたのだった。
「死んだのね！」夫人は言った。「知らなかったわ！　私とあの方は一緒に女官に召
されたのよ。はじめてのお目見えの時、陛下は……」
　夫人はすでに百回も語ったエピソードを孫のトムスキーに繰り返した。
「じゃあ、ポール」話を終えると夫人は言った。「手を貸して立たせてちょうだい。

11　詩人デニース・ダヴィードフの言葉の引用（原文フランス語）。ダヴィードフの名は『ベールキン物語』の「射弾」でも言及される。97頁参照。
12　令嬢の名はリザヴェータ。父称イワーノヴナ。愛称がリーザ、リーザニカなどで、フランス語名の愛称がリーズになる。いっぽうのトムスキーはロシア名がパーヴェルで、フランス語名がポール。

リーザや、私の煙草入れはどこ？」

それから伯爵夫人は小間使いたちを引き連れて、身支度を済ませるために衝立のかげに引っこんだ。トムスキーは令嬢と二人きりになった。

「ご紹介したい人ってどんな方？」リザヴェータが小声でたずねた。

「ナルーモフ。知っていますか？」

「いいえ！　武官なの、それとも文官の方？」

「武官ですよ」

「工兵隊の方？」

「違います！　騎兵隊です。どうして工兵隊だなんて思ったんです？」

令嬢は笑うばかりで何も答えなかった。

「ポール」衝立の奥から伯爵夫人が声をかけた。「何か新しい小説を届けて頂戴《ちょうだい》。ただし、どうか今風じゃないのをお願いね」

「というと、どんなやつですか、お祖母さま？」

「つまりね、主人公が父親を殺したり母親を殺したりする話とか、水死体が出てくる話とかはごめんなの。水死体なんてぞっとするわ！」

「いまどきそんな小説はありませんよ。ロシアの小説などはいかがです?」

「なに、ロシアの小説なんてあるの?……それはぜひとも届けて頂戴!」

「じゃ、これで、お祖母さま。急ぐものですから……さようなら、リザヴェータさん! でもどうしてナルーモフが工兵だなんて思ったのかな?」

こうしてトムスキーも化粧部屋から出ていった。

一人になるとリザヴェータは刺繍《ししゅう》の手を休め、窓の外を眺めた。やがて、通りの向こう側の、角の建物のかげから、若い将校が姿を現した。令嬢の頰が赤く染まった。また仕事にかかり、キャンバスの上にかがみこむ。そこにすっかり身支度を終えた伯爵夫人が入ってきた。

「リーザや」と夫人は言った。「箱馬車に馬をつけるように言って。ちょっとドライブに出かけましょう」令嬢は刺繡台から立ち上がり、刺繡をかたづけにかかる。

「何をぐずぐずしているの! 私の言っていることが聞こえないのかい!」伯爵夫人がどなった。「さっさと馬車の支度を命じるのよ」

「ただいま!」小声で答えると、令嬢は駆け足で玄関部屋に向かった。

召使いが入ってきて、トムスキーが届けてよこした書籍を伯爵夫人に差し出した。

「これはうれしいわ！　お礼を言っておいてね」伯爵夫人は言った。「リーザ、リーザったら、お前どこへ行こうというの？」

「着替えです」

「急ぐことはないわ。ここにお座りなさい。一番上の本を開いて声に出して読んでおくれ……」

令嬢は本を手に取ると、何行か読んだ。

「声を大きく！」夫人は言った。「お前、どうしたの？　そんなかすれ声しか出なくなっちゃったのかい？……ちょっと待って。まず私の足台《スツール》を動かして頂戴、もっと手前に……いいわ、読んで！」

リザヴェータはさらに二ページ読み進んだ。伯爵夫人があくびをする。

「その本はもういいわ」夫人は言った。「なんてくだらないんでしょう！　ポールに送り返して、ありがとうございましたと言っておやり……それで、馬車は？」

「用意できています」外の通りを見下ろしてリザヴェータが答えた。

「じゃあ、あなたなぜ着替えをしていないの？」伯爵夫人が言う。「いつだって人を待たせるんだから！　いい加減うんざりするわよ」

リザヴェータは急ぎ足で自室に下がった。二分もしないうちに、伯爵夫人が思い切りベルの音を響かせる。一つのドアから三人の小間使いが、別のドアから執事が駆け込んできた。

「あなた方ときたら、何度ベルを鳴らせば来るのよ！」伯爵夫人が皆に言った。「リザヴェータに、私が待っているって伝えなさい」

リザヴェータはコートに帽子《ボンネット》という姿で現れた。

「やれやれ、やっと来たのね！」伯爵夫人は言った。「ずいぶんとおめかししてるじゃない！　どうしたの？……誰を誘惑しようっていうの？……それで、お天気は？風があるようね」

「まったくございません、奥様！　とても穏やかな陽気でございます！」執事が答えた。

「あなた方の言うのはいつも当てずっぽうばかりね！　小窓を開いてごらんなさい。ほらやっぱり、風が吹いているじゃない！　しかもこんなに寒くて！　馬をはずすように言って！　リーザ、ドライブは中止よ。おめかしが無駄になったわね」

「なんてみじめな暮らしだろう！」リザヴェータは思った。

実際、リザヴェータはこの上なく不幸な身の上だった。他人のパンは苦く他家の階段は険しいと、かのダンテも言っているが[13]、他人に養われることの悲哀を知ることにかけて、名門貴族の老婆に引き取られた貧しい娘に勝る者がはたしているだろうか？　伯爵夫人は無論よこしまな心の持ち主ではなかったが、いかにも社交界でちやほやされてきた女性らしく気まぐれで、すでに人生の盛りを楽しみつくして人を愛する心を失い、現実世界と疎遠になった老人が皆そうであるように、ケチなうえに冷たいエゴイズムの塊《かたまり》だった。むなしい社交界の行事にはすべて参加し、舞踏会にも顔を出したが、頬紅《ほおべに》をたっぷりと塗り、大昔に流行《はや》った衣装で片隅に座ったその姿は、ちょっと化け物じみた、しかし舞踏会には欠かせぬ飾り物のようにも見えた。訪れる客たちは、決められた儀式のように、近寄ってきては深いお辞儀をするのだが、その後は誰一人夫人の相手をする者はいなかった。伯爵夫人は自宅にも町中から訪問者を迎え、作法通りにきちんともてなしたが、客の顔はどれ一つ見分けがついていなかった。数多くいる召使いたちは、玄関部屋や女中部屋で肥え太ってごま塩頭になり、好き勝手に振る舞って、余命の知れた老夫人の持ち物を、先を争って着服していた。

リザヴェータはいわば当家お抱えの受難者だった。お茶を淹《い》れれば、砂糖を使いすぎるといってお小言を食らい、小説を朗読すれば、作者の間違いまで自分のせいにされ、散歩に随行すれば、やれ天気が悪い、道が悪いと責められた。お手当ての額は一応決まっていたが、一度としてまともに払ってもらったことはない。そのくせ皆と同じような身なりをしろと要求されるのだが、それはすなわちごく限られた人しかしないような良い身なりを意味していた。社交界での彼女の役回りは、ひどく惨めなものだった。皆に知られていながら、誰一人気にとめてくれる者はいないのだ。舞踏会で踊るのはペア《ヴィザヴィ》の相手が足りないときだけ。それでいて貴婦人たちは、衣装のどこかを直すために化粧室に行く必要が生ずると、必ず彼女の手を借りようと引っ張っていくのだった。気位の高い彼女にはそんな境遇《きょうぐう》がなんとも耐えがたく、早く救い出してくれる者が現れないものかと、あたりをうかがっていた。しかしうわべだけの虚栄に生きる計算高い青年たちは、リザヴェータには目もくれようとしなかった。彼らにちやほやされている高慢ちきで冷たい花嫁候補たちに比べたら、彼女の方が百倍も魅

13　ダンテ「天堂」(『神曲』)第一七曲。「他人の麺麭《パン》のいかばかり苦く他家の階子《はしご》の昇降のいかばかりつらきや」(山川丙三郎訳)

力的であるにもかかわらず。何度となく彼女はきらびやかで退屈な客間をそっと抜け出し、自分のみすぼらしい部屋に下がって泣いた。そこには壁紙を貼り付けた衝立と、整理ダンスと小さな鏡と塗り木のベッドが置かれていて、青銅の燭台にはそまつな獣脂蠟燭《ろうそく》がぼんやりと灯っているのだった。

あるとき――これは冒頭でお伝えした将校たちの夜会の二日後、先ほど中断した場面からすれば七日前のことだったが――小窓のそばに座って刺繡仕事をしていたリザヴェータが、ふと顔を上げて通りを見やると、一人の若い工兵将校が目にとまった。じっと立ったまま彼女の小窓をひたと見据えている。そのままうつむいて仕事を続けたが、五分してもう一度目を向けると、若い将校は相変わらず同じ場所に立っていた。行きずりの将校相手に媚《こび》を売るような習慣を持たない彼女は、通りに目をやるのをやめ、そのまま二時間ばかり、顔も上げずに刺繡を続けた。食事の時間だという知らせに、立ち上がって仕事を片付けながら、ふと通りに目をやると、またしてもあの将校の姿が見える。彼女にとって、なんとも不可解な事態だった。食事がすんでから、何か胸騒ぎを覚えながら窓辺に寄ってみたが、もはや将校はいなかった。それで彼女はこの人物のことを忘れた……。

二日ほどして伯爵夫人とともに家を出て馬車に乗ろうとしたとき、彼女はまたあの男を見た。コートのビーバー皮の襟を立てて顔を隠した恰好で、馬車寄せのすぐそばに立っている。帽子の奥に輝く黒い目が見えた。なぜか分からず恐怖に駆られたリザヴェータは、むやみに動転《どうてん》して馬車に乗り込んだ。

帰宅してから窓辺に駆け寄ると、例の将校が最初のときと同じ場所に立って、じっとこちらを見つめている。窓辺を離れた彼女は、切ないまでの好奇心に駆られ、生まれて初めて味わう感情に胸を躍らせていた。

このとき以来一日も欠かさず、同じ青年が決まった時間に彼女たちが住む家の窓の下に姿を現すようになった。言わず語らずのうちに、二人の間にはある種の関係ができあがっていた。自分の場所に座って仕事をしているうちに、彼の接近を感じ取って面《おもて》を上げた彼女の、相手を見つめる時間が日増しに長くなっていく。青年もどうやら彼女のそうした振る舞いをうれしく思っているらしく、二人のまなざしが出会うたびに青年の青ざめた頰にさっと赤味が射すのを、彼女は若い娘らしい目ざとさで見て取っていた。一週間後、彼女は彼にほほえみかけた……。

トムスキーが伯爵夫人に友人を紹介する許しを請うたとき、哀れな娘は胸をときめかせた。しかしナルーモフという青年が工兵ではなく近衛騎兵だと聞かされると、つい立ち入った質問をして軽薄なトムスキーに自分の秘密を明かす形になったことを悔やんだのだった。

ゲルマンはロシアに住み着いたドイツ人の子供で、父親からささやかな遺産を受け継いでいた。自立の足場を固める必要を強く自覚していたため、遺産の利子には手を付けずに俸給《ほうきゅう》だけで暮らし、どんな些細《ささい》な浪費もするまいと自戒していた。とはいえ秘密主義の野心家ゆえに、度の過ぎた倹約主義を笑いものにされるような隙を、同僚にもめったに見せなかった。激しい情熱と奔放な想像力の持ち主であったが、意志が強いおかげで若者にありがちな諸々の過ちをまぬがれていた。たとえば生まれつき勝負ごとが大好きなくせに一度もカードを手に取ったことがなかったが、それは今の自分には（彼自身の言葉によれば）余計な金を稼ごうとして必要な金をつぎ込むようなことは許されないと思っているからだった。そのくせ幾夜も幾夜もカードテーブルの脇に座り通しで、勝負の様々な機微《きび》を目で追いながら、鳥肌が立つほどの戦慄《せんりつ》を覚えていたのである。

例の三枚のカードのエピソードは彼の想像力を強烈に刺激して、一晩中脳裏を去らなかった。

「もしも」翌日の晩、ペテルブルグをふらふら歩きながら彼は考えた。「もしもかの老伯爵夫人がこの俺に秘密を打ち明けてくれたら、つまり三枚の必勝カードを伝授してくれたら、俺はどうするだろう！　もちろん自分の運を試してみるだろう……。ここはひとつ夫人とお近づきになって、夫人の寵《ちょう》を得ることだ。何なら愛人に収まったっていい。ただし何をするにも時間がいる。ところが相手は八十七歳の年寄りで、一週間後には、いや明後日にでも死んでしまうかも知れないのだ！……それにあのエピソードそのものはどうだ？……あんなことが信じられるか？……いやいや、計算と節度と勤勉――それこそが俺の必勝カードであり、それこそが俺の原資を三倍にも七倍にも増やして、平安と自立を実現してくれるのだ！」

そんな風に考えをめぐらしながらふと気づくと、ゲルマンはペテルブルグの目抜き通りの一つに面した、ある古風な建物の前に立っていた。通り沿いには馬車がびっしりと並び、煌々と明かりが灯った車寄せには箱馬車が次々と乗り付ける。そして馬車の中から、すらりと伸びた若い美女の脚やら、拍車を響かせた将校のブーツやら、縞のストッキングやら、外交官の短靴やらが、ひっきりなしに突き出される。毛皮のコートや軽いマントを羽織った者たちが、厳《いか》めしい玄関番たちの脇をぬけて建物に入っていく。ゲルマンは立ち止まった。

「これはどなたのお宅かな?」角の交番の巡査にたずねる。

「＊＊＊伯爵夫人のお宅です」巡査は答えた。

ゲルマンは身震いした。あの奇怪なエピソードが、またもや脳裏に浮かんでくる。屋敷の周囲を歩き回りながら、この家の女主人とその不思議な能力に思いをはせた。夜も更けてから、彼は自分のつつましいねぐらに戻ってきた。なかなか寝付くことができなかったが、それでもようやく眠りに落ちると、夢の中にカードが、緑色のテーブルが、紙幣の束や金貨の山が現れた。彼は次々と賭けるカードを選んでは、思い切りよくカードの端を折って倍賭けを宣言し、立て続けに勝って金貨を手元にかき集め、紙幣をポケットに入れた。日も高くなってから目を覚ますと、夢でもうけた莫大な富がむなしく消えたのに嘆息《たんそく》し、またもやふらふらと街に出たあげく、ふと気づけばまたもや＊＊＊伯爵夫人の屋敷の前にいるのだった。どうやら不思議な力が彼をここへと引き寄せたらしい。立ち止まって窓を見上げ、じっと眺めた。すると窓の一つに黒い髪の小さな頭が見える。うつむいているところからすると、おそらく読書しているか、仕事をしているのだろう。ふと小さな頭がもたげられた。ゲルマンの目が初々しい顔と黒い瞳をとらえる。この瞬間が彼の運命を決した。

僕の天使さん、あなたが四枚ずつ書き送ってくださるお手紙のペースが速すぎて、読むのが追いつきませんよ。[14]

『往復書簡』

三

リザヴェータがようやくケープと帽子を脱いだと思ったら、またもや伯爵夫人の呼び出しがかかり、馬車の支度が命じられた。あらためて二人でお出かけである。従僕が二人がかりで老夫人の体を抱き上げ、馬車の戸口に押し込もうとしているまさにそのとき、リザヴェータは車輪のすぐわきに例の将校がいるのに気付いた。相手はさっと彼女の手を握ると、びっくりした彼女が我に返る間もなく、姿を消した。掌中には一通の手紙が残った。彼女は手紙を手袋の内側に隠したが、もはや道中何も耳に入らず目にも入らなかった。伯爵夫人は普段から馬車に乗っている間ひっきりなしに質問する癖があって、「今すれ違ったのは誰？」「この橋は何という名前？」「あの看板はなんて書いてあるの？」といった問いを浴びせてくる。しかしこの日のリザヴェータは、当てずっぽうに頓珍漢《とんちんかん》な答えを繰り返すばかりだったので、すっかり夫人を怒らせてしまった。

「あなた、いったいどうしたの？　ぼんやりしてばっかりで。私の言うことが聞こえないの、それとも意味がわからないの？　おかげさまで私はまだ舌のもつれもなければ、頭もボケちゃいませんからね！」

リザヴェータにはそんな夫人の言葉も耳に入らなかった。帰宅するとすぐに自室に駆け込み、手袋の中から手紙を抜き出した。手紙には封もされていなかった。リザヴェータは手紙を読んだ。中味は恋の告白だった。優しく丁重な言葉づかいで書かれた文面は、ドイツのある小説の一節をそっくり訳したものだった。だがドイツ語を知

14　原文フランス語。

らないリザヴェータは、この手紙がすっかり気に入ってしまった。

とはいえ受け取った手紙は、彼女をひどく不安にさせた。若い男性と内緒の、親密な関係を持つのは初めてだったのだ。相手の大胆さに彼女はおびえた。軽率な振る舞いをした自分を責めながら、どうしたらいいかと途方に暮れた。窓辺に座るのをやめて、無視することで若い将校の熱を冷まし、これ以上付きまとわないようにさせるべきか、手紙を送り返せばいいのか、それとも冷たい、きっぱりとした返事を書くべきか？ 女友達も先生も一人としていない身では、相談する相手もいなかった。リザヴェータは返事を書くことに決めた。

小机に向かってペンを取り、紙を前にして、彼女は考え込んだ。何度か手紙を書きかけては、破り捨てる。我ながら表現が寛大すぎるように思えたり、逆に厳しすぎるように思えたりしたのである。そうしてついに、自分でも満足のいく何行かの書面が出来上がった。

「私は信じております」と彼女は書いていた。「あなたの意図が真摯なものであり、軽はずみな行動によって私を辱《はずかし》めようとされたのではないということを。しかし、私たちはこのような形でお付き合いを始めるべきではありません。いただいたお手紙はお返しします。これ以上いわれのない無礼をこうむることのないよう期待しつつ」

翌日、近寄ってくるゲルマンを認めたリザヴェータは、刺繡台を離れて広間に出ると、小窓を開けて通りへと手紙を放《ほう》った。青年将校の機敏さに期待したのだ。ゲルマンは駆け寄って手紙を拾い上げると、そのまま喫茶店に入った。封印を破ると、自分の手紙とリザヴェータの返信が入っている。まさに予期した通りの展開であり、家に帰った時も頭の中は企みでいっぱいだった。

その三日後リザヴェータのもとへ、若いすばしこそうな目つきの町娘《マムゼリ》が、モード・ショップのメッセージを届けてきた。請求書だと思ってびくびくしながら開いてみると、不意にゲルマンの筆跡が目に飛び込んできた。

「あら、これは間違いね」彼女は言った。「私宛てではないわ」

「いいえ、確かにあなた様宛てですわ」度胸のよい娘は、ずるがしこい笑みを隠しもせずに答えた。「どうぞお読みください」

リザヴェータは文面に目を走らせた。ゲルマンは逢い引きを求めていた。

「とんでもないことを!」相手の要求の性急さと、その手管《てくだ》のあざとさに驚きあきれて、リザヴェータは口走った。「確かです、これは私宛ての手紙ではありませんわ！」そう言うと、手紙を細かくちぎってしまった。

「もし宛先の間違いだったとしたら、なぜ破られたのですか？」娘はたずねた。「そのまま送り主の方にお戻ししましたのに」

「ひとつお願いしておきます！」相手の指摘に顔を真っ赤に染めながらリザヴェータは言った。「今後一切私のところへ手紙など届けないでください。それから、あなたの依頼人の方にお伝えして——恥ずかしいまねを慎まれるようにと……」

しかしゲルマンはひるまなかった。リザヴェータは来る日も来る日も、あの手この手で送られてくるゲルマンの手紙を受け取った。手紙はすでにドイツ語からの翻訳文ではなかった。ゲルマンは情熱のおもむくままに書き、自分独自の言葉で語っていた。そこには彼のひたむきな欲望と、とどまることを知らぬ奔放《ほんぽう》なる想像力が映し出されていた。リザヴェータはもう手紙を送り返そうとは思わなかった。手紙に酔いしれ、返事を書くようになっていたのだ。しかもその返事は、時とともに長く、情のこもったものになっていった。とうとう彼女は小窓から次のような手紙を投げ渡した。

「今日＊＊＊国公使のお宅で舞踏会があります。私たちは深夜二時頃までそこにおります。そこで、以下のようにすれば、二人きりでお目にかかることができます。伯爵夫人がお出かけになると、使用人たちはきっとじきにそれぞれの部屋に下がってしまい、家の玄関にはドアマンしか残りません。しかもこのドアマンも、たいてい自分の小部屋に引っ込んでしまいます。十一時半にお越しになって家に入ったら、そのまままっすぐ階段を上ってください。二階の控えの間に出ますから、もしそこに誰かがいたら、伯爵夫人はご在宅かとたずねてください。お出かけですと答えるはずで、この場合は仕方ありません。そのままお引き取りください。しかしおそらく、あなたは誰にも見とがめられないでしょう。小間使いたちは皆一つの部屋で眠っていますから。控えの間から左に曲がってまっすぐ行くと、伯爵夫人の寝室に着きます。寝室の衝立《ついたて》のかげに二つの小さなドアがあります。右手のドアは奥部屋に続いていて、そこには伯爵夫人は決して入られません。左手のドアは廊下に通じていて、すぐのところに螺旋《らせん》階段があります。その階段が私の部屋につながっています」

指定された時を待つ間、ゲルマンは虎のように身を震わせていた。晩の十時には彼はもはや伯爵夫人の家の前に立っていた。ひどい悪天候で、風が唸り、湿っぽいぼたん雪が舞っている。街灯がぼんやりと照らす街路は、人気《ひとけ》もなくがらんとしていた。ほんの時折痩せ馬に引かれた辻橇《つじぞり》が、帰宅の遅れた客を探して通りかかる。ゲルマンはフロックコート一枚の姿で立っていたが、風も雪ものともしなかった。ついに伯爵夫人の馬車が玄関先に横付けされた。ゲルマンが見ている前で、黒貂《くろてん》のコートにくるまった腰の曲がった老夫人が従僕たちに両腕を支えられて玄関から姿を現し、そしてその背後には、薄手のマントを着て生花《せいか》を髪に飾った養女の姿がほの見えた。馬車のドアが音高く閉まり、重い車体が柔らかな雪の上をゆっくりと動き出す。ドアマンが家のドアを閉ざし、窓の明かりが消えた。ゲルマンは主人のいなくなった家の周囲を歩き始めた。ふと街灯に歩み寄って時計を覗くと十一時二十分である。そのまま灯火のもとにたたずんで、時計の針に視線を貼り付けたまま、残りの時間を一分一分待ち続けた。きっかり十一時半にゲルマンは伯爵夫人の家の表階段を上り、煌々と明かりの灯った玄関口に入っていった。ドアマンはいなかった。そのまま階段を駆け上り、控えの間へのドアを開けると、従僕が一人、古い薄汚れた肘掛け椅子で、ランプの光に照らされて眠りこけているのが見えた。ゲルマンは軽く確かな足取りでその脇を通り過ぎた。広間も客間も灯は消えており、控えの間のランプの光がうっすらと暗がりを照らすばかりだった。ゲルマンは伯爵夫人の寝室に入った。古めかしいイコンがいっぱい並んだ祭壇の前に、金色の灯明が灯っていた。色あせた緞子《どんす》地の肘掛け椅子や、羽毛のクッションを並べた、金箔のはげ落ちたソファが、中国製の壁紙を貼った壁のそばに、わびしげな対称形をなして置かれている。壁にはパリでマダム・ルブラン[15]に描いてもらった二枚の肖像画が架かっていた。一枚は四十恰好の血色のいいまるまるとした男性の肖像で、星形勲章をつけた軍服姿で描かれていた。もう一枚は鷲鼻をした若い美女の肖像で、こめかみのところから梳きあげて髪粉をかけた髪にバラを一輪挿していた。部屋の四隅には陶製の羊飼いの少女人形、名匠ルロイの手になる見事な卓上時計、いくつもの小箱、ヨーヨー、扇子、そして前世期末にモンゴルフィエの気球やメスメルの磁気と一緒に発明されたさまざまな婦人用の遊び道具が、所せましと並んでいる。[16]ゲルマンは衝立の裏に回った。そこには小さな鉄製のベッドが置か

15　ルイーズ＝エリザベート・ヴィジェ＝ルブラン（一七五五～一八四二）。貴族女性の肖像で有名なフランス人女性画家。十八世紀末の五年間をロシアで過ごした。

れていて、右手に奥部屋に通じるドアが、左手にはもう一つ、廊下に出るドアがあった。ゲルマンがそのドアを開けると、狭い螺旋階段が目に入った。哀れな養女の部屋に通じる階段が……。しかし彼は踵《きびす》を返して、暗い奥部屋へと入っていった。

時間は遅々として進まなかった。あたりは静まり返っていた。客間の時計が十二時を打つと、あらゆる部屋の時計が次々と十二時を告げ、それからまたすっかり静まり返った。ゲルマンは火のない暖炉にもたれて立っていた。気持ちは平静で、危険ながら避けて通れぬ行動に踏み切る決断をした人間らしく、胸の鼓動も落ち着いていた。時計が午前一時を告げ、やがて二時を告げる——とそのとき、遠くを走る馬車の音が聞こえてきた。ひとりでに胸の鼓動が高まる。馬車は車寄せに乗り付けて停まった。ゲルマンは踏み段が下ろされる音を聞き取った。家の中がにわかにざわめきだす。使用人たちが駆け足で行きかい、声が飛びかい、家じゅうに灯がともった。寝室に三人の老女中が駆け込んでくると、伯爵夫人もぐったりと生気のない様子で入ってきて、背もたれの大きなヴォルテール式の肘掛け椅子に身を沈めた。ゲルマンがドアの隙間から覗いていると、すぐそばをリザヴェータが通って行った。ゲルマンは階段を上っていく彼女の急ぎ気味の足音を聞きつけた。胸の内に良心の呵責《かしゃく》めいた声が湧きあがったが、すぐにまた沈黙した。ゲルマンは石と化したように立ち尽くしていた。伯爵夫人は鏡の前で着替えを始めた。女中たちの手でバラを散らした被《かぶ》り物が外され、髪粉《かみこ》を振りかけた鬘《かつら》が取り去られると、短く刈り込まれた白髪頭が現れた。ヘアピンが夫人の体の周りに雨あられと飛び散る。銀糸の縫い取りを施した黄色のドレスが、むくんだ足もとに落ちた。ゲルマンは夫人の身づくろいの胸の悪くなるような秘密の数々を目撃したのだった。最後には寝間着とナイトキャップという姿になったが、高齢の身にはずっと似つかわしいそんな恰好になると、夫人の忌まわしさも醜さも薄れたように見えた。

たいていの老人の例にたがわず、伯爵夫人は不眠に悩んでいた。着替えを終えた彼女は窓辺のヴォルテール式の肘掛け椅子に腰を下ろすと、女中たちを下がらせた。燭

16　ジュリアン・ルロイ（一六八六〜一七五九）は有名な時計職人。ジョセフ＝ミシェル（一七四〇〜一八一〇）とジャック＝エティエンヌ（一七四五〜九九）のモンゴルフィエ兄弟は一七八〇年代に気球を発明した。フランツ・アントン・メスメル（一七三四〜一八一五）はドイツの医者。生命作用をつかさどる流体「動物磁気」に関する彼の説は同時代の話題となり、催眠術の発展にもつながった。

台もかたづけられて、部屋に灯るのはまた灯明《とうみょう》の明かりだけになった。伯爵夫人はすっかり黄ばんだ顔をして椅子に掛け、垂れ下がった唇を動かしながら、右に左に体を揺らしている。その濁った眼は、完全なる無思考状態を物語っていた。その姿を見ていると、この恐ろしい老婆が身を揺らしているのは自身の意志によるのではなく、目に見えぬ動物電気《ガルヴァニズム》17の作用だと、そんな気がしてくるほどだった。

突然その死んだような顔がいわく言い難く変貌した。唇の動きが止まり、目に活力がよみがえる。伯爵夫人の前に見知らぬ男性が立っていたのだ。

「怖がらないでください、お願いです、怖がらないで！」男は聞き取りやすい静かな声で言った。「あなたに危害を加えるつもりはありません。僕はあなたに一つお願いがあって来たのです」

老婆は黙って彼を見つめていたが、彼の声は聞こえていないように見えた。耳が遠いのだろうと思ったゲルマンは、相手の耳元にかがみこんで、同じ言葉を繰り返した。老婆は相変わらず黙り込んでいる。

「あなたにはできます」ゲルマンはつづけた。「僕の人生に幸福を授けてくれることが。しかもそれはあなたにとっていとも簡単なことなのです。存じております、あなたは三枚のカードを続けて言い当てることができますね……」

ゲルマンは話を切った。どうやら伯爵夫人も、こちらの要求を理解したらしく、返す言葉を探しているようだった。

「あれは冗談だったのよ」夫人はついにそう言った。「本当よ！　冗談だったのよ」

「冗談などではありません」ゲルマンは怒った口調で言い返した。「チャプリツキーのことを思い出してください。あなたはあの男に負けを取り返させてやりましたね」

伯爵夫人は見るからにうろたえていた。その表情は激しい精神の動揺を映していたが、しかしやがてまた先ほどと同じ放心状態に陥っていった。

「お願いします」ゲルマンは続けた。「その三枚の確実なカードをどうか僕に教えてください」

伯爵夫人は黙り込んでいる。ゲルマンは続けた。

「誰のためにあなたはその秘密を取っておこうというのですか？　お孫さんたちのためですか？　お孫さんたちはそんなものなしでもお金持ちですよ。しかもあの人た

17　十八世紀、イタリアの生理学者ガルヴァーニが動物の反射作用を司るものと主張した電気。

ちにはお金の価値が分かっていない。浪費家にはあなたの三枚のカードも役に立ちません。父親の遺産を守れないような人間は、いくら悪魔の力を借りようと、結局は無一文で死んでいくのです。僕は浪費家ではありません。お金の価値をわきまえています。僕ならあなたの三枚のカードを無駄にはしません。お願いです！……」

彼は言葉を止め、息をはずませながら夫人の返事を待った。伯爵夫人は黙っていた。ゲルマンはひざまずいた。

「もしかつて」と彼は言った。「あなたの心が愛する気持ちに目ざめたことがあって、あなたが愛の喜びを覚えているのなら、そしてたとえ一度でも生まれたばかりの子供の泣き声に微笑んだことがあるのなら、いつかあなたの胸に何かしら人間らしい気持ちが芽生えたことがあるのなら、そのあなたの伴侶《はんりょ》としての、恋人としての、母親としての感情にすがって、人生におけるすべての神聖なるものにかけて、お願いします。どうか僕の願いをはねつけないでください！　僕にあなたの秘密を打ち明けてください！　そんな秘密があなたにとって何の価値があるでしょう？　もしかしたらその秘密は恐るべき罪と結びついていて、安らかな昇天を妨げるような悪魔との契約の代償なのかもしれませんね……。でもいいですか、あなたは高齢だ。もはや余命は長くない。僕はあなたの罪をわが魂に引き受ける覚悟があります。ただあなたの秘密を打ち明けてくれさえすればいいのです。いいですか、一人の人間の幸福があなたの手中にあるのですよ。しかも僕一人だけではなく、僕の子供たちも、孫たちも、ひ孫たちも、皆あなたの思い出に感謝し、聖なるものとして大切にすることでしょう……」

老夫人は一言も答えようとしなかった。

ゲルマンは立ち上がった。

「老いぼれの鬼婆め！」彼は歯ぎしりして言い放った。「そういうことなら、嫌でも返事をさせてやる」

そう言うと同時に彼はポケットからピストルを取り出した。

ピストルを見ると伯爵夫人はもう一度激しい感情をあらわにした。頭をそらし、片手をあげて、まるでピストルの弾を遮《さえぎ》るようなしぐさをしていたが、やがてがくりと後ろにのけぞって……そのまま動かなくなった。

「子供のおふざけは終わりだ」ゲルマンは夫人の手をつかんで言った。「最後の質問だ。例の三枚のカードを僕に教える気があるか？　イエスかノーか？」

伯爵夫人は答えなかった。見ると、彼女は死んでいた。

四

一八＊＊年五月七日

モラルも宗教も持たない男です。[18]

『往復書簡』

リザヴェータはいまだに舞踏会の衣装のままで自室に座り込み、深い物思いに沈んでいた。先刻帰宅した際、彼女は寝ぼけ眼《まなこ》でいやいや世話をしようとする小間使いに「自分で着替えるわ」と言って早々に追い返し、ドキドキしながら自室に戻ったのだった。ゲルマンが部屋にいてほしい気持ちが半分、いてほしくない気持ちが半分

18 ヴォルテール『パリっ子とロシア人の会話』（一七六〇）からの引用（原文フランス語）。

だった。一目で彼がいないことを見て取った彼女は、逢い引きを妨げてくれた天の配剤に感謝をささげた。着替えもしないで腰を下ろすと、彼女はこんなにも短い時間のうちにこれほどの深みにまではまることになったことの顚末《てんまつ》を、仔細に振り返り始めたのだった。なにせ初めて小窓越しにあの青年を見てからまだ三週間とたっていないのに、もう相手と文を交わす仲になり、しかも相手は彼女から深夜の逢い引きの約束まで取り付けてしまったのだ！　彼女が相手の名を知っているのも、いくつかの手紙に彼が自分で署名していたからにすぎない。まだ一度もじかに話をしたことも、声を聴いたこともなく、誰かから彼のうわさを聞いたことさえなかった……まさに今夜の夜会の時まで。奇妙なことではある！　まさに今夜の舞踏会の席でのこと、例のトムスキーが、本命の＊＊＊公爵家の若い令嬢ポリーナが普段と違って別の相手に媚《こび》を売っているのが気に食わず、こちらも無関心なそぶりで復讐してやろうと、リザヴェータをパートナーに誘って、延々とマズルカを踊ったのだった。そしてその間ずっとトムスキーは彼女の工兵将校への贔屓《ひいき》ぶりをからかっては、自分は彼女が想像するよりもはるかに事情に通じていると言い張った。そして実際、彼の冗談のいくつかはまさに急所を突いていたので、何度かリザヴェータは、本当に自分の秘密が知られているのかと思ったものだった。

「そんないろんな話、あなたはいったい誰から聞いたの？」彼女は笑顔で問い返した。

「ご承知の人物の友人からですよ」トムスキーは答えた。「これがまた傑物でしてね」

「その傑物って、いったいなんというお方？」

「名前はゲルマン」

リザヴェータは何の反応もしなかったが、手も足も凍り付いたように血の気が引いた……。

「このゲルマンというのは」とトムスキーはつづけた。「小説の主人公を地でいくような人物で、言ってみればナポレオンの横顔とメフィストフェレスの心を備えた男というところです。思うにあの男の良心は、少なくとも三つの呵責《かしゃく》の種を抱えていますね。おや、ずいぶん顔色が悪いこと！……」

「ちょっと頭痛がして……。それであなたに何と言ったの、そのゲルマンは……そんな名前でしたっけ？」

「ゲルマンは友人の態度が歯がゆくて仕方がないそうです。自分だったらあんなやり方はしないのにと言っていました。僕はむしろ、ゲルマン本人があなたに気があるとみていますよ。少なくとも友人のおのろけを、実に穏やかならざる顔で聞いていますから」

「でも、どこで私を見かけたのかしら？」

「教会でか、それともひょっとしてお出かけのときか……。いや分かりませんね。もしかしたらあなたの部屋で、あなたが眠っているときかもしれませんよ。何せあの男ときたら……」

このとき三人連れの女性が近寄ってきて「忘却《ウブリ》それとも《ウ》心残り《ルグレ》[19]？」と問いかけたので、リザヴェータの興味を散々かきたてたところで話が途絶えてしまった。

トムスキーが選んだ女性は、まさにお目当ての＊＊＊公爵令嬢だった。令嬢は踊りながらわざと人より一周余計に回ったり、自分の椅子の手前で余計に回転したりして時間を稼ぎながら、まんまとトムスキーの機嫌を直してしまった。元の席に戻ってきたとき、トムスキーはもはやゲルマンのこともリザヴェータのことも頭になかった。彼女のほうは何とか中断した会話を再開したかったのだが、マズルカもおしまいとなり、その後まもなく伯爵夫人の帰宅する時間が来たのだった。

トムスキーの言葉は単なるマズルカの最中の雑談にすぎなかったが、夢見る若い女性の心にはそれが深く刻み込まれた。トムスキーが素描してみせた肖像は、彼女が自分で描き出した像と符合しており、最新の小説類の影響もあって、もはや陳腐《ちんぷ》でしかないそんな人物像でさえ彼女の想像力をかきたて、虜《とりこ》にしてしまったのである。むき出しの両腕を組んで、まだ花飾りのついたままの頭を広い襟ぐりの胸元にうつむけた恰好のまま、彼女はじっと座っていた。そのとき突然ドアが開いて、ゲルマンが入ってきた。彼女はびくっと身を震わせた……。

「今までどこにいらしたの？」どぎまぎしながら彼女は小声でたずねた。

「老伯爵夫人の寝室にいました」ゲルマンは答えた。「今出てきたばかりです。伯爵夫人は亡くなりましたよ」

「なんですって！……まさかそんなことが？」

「それにどうやら」とゲルマンはつづけた。「僕が夫人の死の原因のようです」

ゲルマンの顔を見上げるリザヴェータの胸に、トムスキーの言葉が響いた――あの、

19　マズルカのパートナー選びの一興として、二人の女性がくじ引きでそれぞれの仮名（この場合は忘却と心残り）を決め、男性にどちらかを選択させるというゲーム。

男の胸には、少なくとも三つの呵責の種がある――そうトムスキーは言ったのだった。

ゲルマンは彼女のすぐ脇の窓敷居に腰を下ろすと、すべてを話して聞かせた。

リザヴェータはぞっとする思いで話を聞き終わった。つまりは、何通もの情熱的な手紙を書き送ったのも、燃えるような願いの言葉を浴びせたのも、なりふり構わずしつこく付きまとったのも、まったく愛ゆえではなかったのだ！　金――それこそこの男の魂が渇望していたものだったのだ！　彼の欲望をいやし、幸せを与えることができるのは、彼女ではなかった。哀れな養女はただ何も分からぬままにこの盗賊を、老いた恩人の殺害者を手引きしてしまったのだ！……取り返しのつかぬ悲痛な後悔の念に駆られて、彼女はさめざめと泣いた。ゲルマンはそんな彼女を黙って見ていた。彼の胸もまた苛《さいな》まれていたが、しかしその冷徹なる魂をかき乱していたのは、哀れな乙女の涙でもなければ、嘆く彼女のえもいえぬ愛らしさでもなかった。死んだ老婆に思いをはせても、良心の呵責を覚えはしなかった。彼の悲嘆の種はただ一つ、一獲千金の鍵とみなした秘密が永遠に失われてしまったことだけだった。

「あなたは怪物だわ！」ついにリザヴェータが言葉を発した。

「あの人を殺すつもりはなかった」ゲルマンは答えた。「僕のピストルに弾は入っていない」

二人は黙り込んだ。

空が白んできた。リザヴェータが燃え尽きかけた蠟燭《ろうそく》を消すと、夜明けの薄明りが部屋に漂った。泣きはらした目をぬぐってゲルマンを見上げると、相手は窓敷居に腰かけたまま腕を組み、険しい表情をしている。そんなポーズをすると驚くほどナポレオンに似ていた。あまりの生き写しぶりに、リザヴェータさえはっとしたほどである。

「あなたをこの家から出すにはどうしたらいいかしら？」とうとうリザヴェータが言った。「秘密の階段に案内するつもりでしたけれど、寝室を通らなくてはならないので、今は怖いわ」

「その秘密の階段の見つけ方を教えてください。自分で出ていきますから」

リザヴェータは立ち上がると、整理ダンスから鍵を取り出してゲルマンに渡し、経路をこと細かく教えた。ゲルマンは彼女の冷たい手を握り、応答のないままに、うつむいたその頭に接吻して、部屋を出た。

螺旋階段を降りた彼は再び伯爵夫人の寝室に入った。死んだ老婆は座った姿のまま硬直していて、顔は深い安らぎの表情を浮かべていた。ゲルマンはその前に立ち止まり、まるで恐るべき真実を確認しようとするかのように、長いこと夫人を見つめていた。そののち書斎に入ると、壁掛け布の裏に隠し戸を探り当て、まっ暗な階段を降り始めたが、そのとき彼は奇妙な感慨に胸を打たれたのだった。「きっとまさにこの階段を通って」と彼は考えた。「六十年ほども昔には、まさにあの寝室へと、ちょうどこんな時分に、刺繍の入ったコートを着込んで王鳥《アロワゾー・ロワイヤール》カットの髪をした幸運な若者が、三角帽を胸に抱きしめながら、こっそり通ったことだろう。そんな若者ももはや久しく墓の中で朽ち果て、老婆と化したその愛人の心臓が、今日鼓動を止めたのだ……」

階段を降りたところでゲルマンはドアを見つけ、さっきの鍵でそれを開けた。すると出たところは隠し廊下で、それがまっすぐ外の通りまで続いていたのであった。

五

この夜私のもとに故フォン・V男爵夫人が現れた。夫人は全身白装束で、私にこう挨拶した——「今晩は、参事官様」。

スウェーデンボルグ[20]

運命の一夜から三日目、朝の九時に、ゲルマンは亡き伯爵夫人の葬儀が行われる予定の＊＊＊修道院へと出かけた。後悔の念を覚えたわけではないが、とはいえ「お前は老婆殺しの犯人だ！」と責めたてる良心の声を完全に押し殺すこともできなかった。本当の信仰心は薄いかわりに、むやみに迷信深かったのだ。それで死んだ伯爵夫人が自分の人生に祟《たた》りかねないという思い込みから、故人の許しを得るために葬儀に参列しようと決めたのである。

教会は人であふれていた。ゲルマンは力ずくでようやく人ごみを抜け、前へ出た。棺《ひつぎ》はビロードの天蓋《てんがい》の下の豪華な祭壇に安置されていた。故人はレースの頭巾に純白の繻子《しゅす》の衣をつけ、胸の上に手を組んだ姿で棺に横たわっていた。周囲を夫人の家の者たちが取り巻いていた。従僕たちは肩に紋章入りのリボンを付けた黒い長衣《カフタン》姿で、手に蠟燭を持っている。親族は子も孫もひ孫たちも、本格的な喪服姿だった。誰も泣いてはいない。涙を流すとしても、見せかけ《ユヌ・アフェクタシオン》にすぎなかっただろう。なにせ伯爵夫人は極めて高齢だったので、死んで驚くような者は一人もなかったし、親族もかなり前から、死んだも同然の扱いをしていたのである。若い主教が弔《とむら》いの言葉を述べる。素朴ながら胸を打つ表現で、主教はこの心正しき女性が安らかに昇天したことを告げ、彼女の過ごした長い歳月は、このキリスト教徒としての死に向かう静かで感動的な準備の時だったと語った。

「死の天使が彼女を召されたとき」と主教は言った。「彼女は敬虔な思いに浸りつつ、眠らぬまま夜半の新郎を待ち構えていたのでした」[21]

作法どおりしめやかに弔いの勤行《ごんぎょう》がとり行われた。その後まず親族が最後のお別れをするため、棺に歩み寄った。その後にはたくさんの客が続いた。長年の間自分たちのむなしい享楽の場に加わってくれた女性にお別れしようと参上した者たちである。客の後には使用人たちがそろってお別れした。最後にお別れしたのは女主人の話し相手を務めてきた女中頭だった。故人と同じほどの老齢で、若い小間使いが二人がかりで腕を支えて導いている。女中頭には深々とした正式のお辞儀をする力はなかったが、彼女一人だけが女主人の冷たい手に口づけをしながらほろほろと涙をこぼしたのだった。この直後、ゲルマンは意を決して棺に歩み寄った。彼は床に着くほどの礼をすると、そのままトウヒの小枝を散らした床にひれ伏して、何分かじっとしていた。ついに身を起こすと、故人と同じほど青ざめた顔で祭壇の階段を上り、首を垂れて棺を覗き込んだ……。その瞬間、死せる老女があざ笑うように自分を見上げ、ウインクしてみせたような気がした。慌てて後ずさったゲルマンは、段を踏み外してあおむけに

20　エマヌエル・スウェーデンボルグ（一六八八〜一七七二）。スウェーデンの科学者・鉱山技師・宗教思想家。ここでは霊界と交流する神秘家として扱われているが、引用の一節は彼の著書にないので、プーシキンのミスティフィケーションとみなされている。

21　マタイによる福音書二十五章の、灯火を用意して新郎を待つ賢き処女の挿話を踏まえている。

バッタリと倒れた。人々が彼を助け起こした。ちょうどこのとき、リザヴェータも気を失って、教会の出口へと運び出されたのだった。この出来事でしめやかな葬儀の粛々《しゅくしゅく》とした雰囲気がしばし乱れ、参列者の間にぼそぼそと不満のざわめきが広がった。故人の近い親戚である痩せぎすの侍従は、脇に立っていたイギリス人に耳打ちして、あの若い将校は故人の隠し子だよと告げたが、相手はそっけない口調で「ほう」と応じただけだった。

その日一日中ゲルマンは極度の興奮状態で過ごした。場末の酒場で夕食をとる際には、普段の習慣を破り、内心の動揺を抑えようとして浴びるほどの酒を飲んだ。しかし酒は妄想をかきたてるばかりだった。家に戻ると着替えもせずにベッドに身を投げ、そのままぐっすりと眠りこんだ。

目を覚ますとすでに真夜中で、満月が部屋を煌々と照らしていた。時計を見ると二時四十五分である。すでに眠気は失せていたので、ベッドの上に身を起こしたまま、老伯爵夫人の葬儀のことを考えた。

とそのとき、何者かが通りから彼の部屋の窓を覗き込んだかと思うと、すぐに立ち去った。ゲルマンはこのことを気にも留めなかった。一分後、玄関部屋の扉の鍵を開ける音が聞こえた。ゲルマンは自分の従卒が、いつもの通り酔っぱらって夜遊びから帰ってきたのだろうと思った。しかし彼の耳は聞きなれぬ足音をとらえた。何者かがかすかにスリッパを引きずりながら歩いているのだ。ドアが開いて白装束の女性が入ってきた。ゲルマンはそれを自分の年老いた乳母だと思い、どうしてこんな時間に乳母がやってきたのだろうかといぶかった。だが白装束の女性はするするとすべるように進み、ふと気づくとゲルマンの目の前に立っている。見るとそれは伯爵夫人だった！

「本当はお前のところに来たくはなかったんだよ」夫人ははっきりとした声で言った。「でもお前の願いをかなえてやれと命じられたんだ。３《トロイカ》、７《セミョルカ》、エース《トゥース》――そう続けて張れば、お前は勝てる。ただし一昼夜に一枚のカードにしか賭けてはいけないし、そしてこれが終わったら生涯勝負事をしてはいけないよ。私を殺したことは許してあげよう。ただし、お前が私の養女リザヴェータ・イワーノヴナと結婚するのならね……」

そう言うと夫人はくるりと振り返ってドアに向かって歩き出し、スリッパを引きずりながら姿を消した。ゲルマンは玄関部屋のドアが閉まる音を聞き取り、それから何者かがまた彼の部屋の窓を覗き込むのを見た。

長い放心状態のあとで、ゲルマンはようやく我に返った。もう一つの部屋に出てみると、従卒が床の上で寝ている。ゲルマンは無理やり従卒をゆすぶり起こしたが、相手はいつも通り酔っぱらっていて、何を聞いてもまともな返事は返ってこなかった。入り口のドアは施錠されていた。ゲルマンは自室に戻ると、蠟燭の火をともして自分の見た幻を書き記した。

六

「ストップ《アタンデ》！」

「この私に向かってストップとは何だ！」

「いや閣下、おストップと申し上げました」


物質世界において二つの物体が同一の空間を占めることが不可能であるのと同じく、精神世界においても二つの固定観念が共存するのは不可能である。例の「3《トロイカ》、7《セミョルカ》、エース《トゥース》」は、やがてゲルマンの脳裏にあった死せる老婆のイメージを覆い隠してしまった。「3《トロイカ》、7《セミョルカ》、エース《トゥース》」は一向に彼の頭から去らず、唇にまで上るようになった。若い女性を見かけると、彼は言う――「すらりとした娘だな！……まるでハートの3《トロイカ》だ」。「今何時」と聞かれれば、「7《セミヨルカ》時5分前」と答える。太鼓腹の男はみんなカードのエース《トゥース》を連想させた。「3《トロイカ》、7《セミヨルカ》、エース《トゥース》」は夢の中まで追いかけてきて、ありとあらゆる形に化けた。3《トロイカ》が目の前で豪華な大輪の花として咲き誇れば、7《セミヨルカ》はゴシック建築の門と化し、エース《トゥース》は巨大なクモに化けた。思うことはただ一つ——高くついたこの秘密をなんとか利用してやろうということだった。退役し、旅をすることを彼は考え始めた。パリにある公開の賭博場に乗り込んで、幸運の女神を幻惑し、宝をせしめてやりたかったのである。ある一つの偶然がそうした手間を省いてくれた。モスクワに裕福なギャンブラーたちの協会ができた。代表は名高いチェカリーンスキーで、これは生涯をカードゲームに費やし、勝ち金は利子つきの小切手で受け取り、負け金はきれいに現金で支払うというやり方で、いつしか巨万の富を蓄えた人物である。長年の経験のおかげで仲間の信用は厚く、家を開放して上等の料理人を置き、愛想よく朗らかに客を迎えるところから、世人の尊敬を集めていた。この人物がペテルブルグにやってきたのである。青年たちはカードのために舞踏会も忘れ、女遊びの楽しみよりもファラオ[22]の誘惑を優先して、彼のもとに押し掛けた。ゲルマンもナルーモフに連れられて出かけたのだった。

恭しい物腰の給仕たちがたくさん詰めている豪華な部屋をいくつも通り抜けて、二人は奥へと進んだ。将軍や枢密参事官《すうみつさんじかん》の面々が何人かホイスト[23]を戦わしており、若者たちは緞子のソファに身を沈めてアイスクリームを食べ、パイプをふかしている。客間の細長いテーブルの周りには二十人ほどのプレイヤーたちがひしめいていたが、そこにこの家のホストも座って胴元《どうもと》をつとめていた。六十がらみの立派な押し出しの人物で、頭は銀髪で覆われ、肉付きのよいつやつやした顔には善良さが漂い、いつも微笑みを宿した眼がいきいきと輝いている。ナルーモフはホストにゲルマンを紹介した。チェカリーンスキーは気さくな流儀でゲルマンの手を握ると、どうぞおくつろぎ下さいと言って、そのままゲームを続けた。

一ラウンドのゲームが終わるまでには長い時間がかかった。テーブルの上には三十枚以上の賭け札が並んでいたのだ。

チェカリーンスキーは一ターン[24]ごとに手を休め、子たちに勝敗を判断する時間を与

22 注4参照。
23 フランス生まれのブリッジ系のカードゲーム。

えながら、それぞれの負け金を記録し、クレームがあれば丁重に聞きとり、誰かがうっかりと端を曲げたカードがあれば、いっそう丁重な手つきでそれを直した。ようやく一ラウンドの勝負が終わった。チェカリーンスキーはカードをシャッフルし、次のラウンドに備えた。

「僕にも賭けさせてください」ゲルマンが、目の前で賭けている太った紳士の肩越しに腕を伸ばして言った。チェカリーンスキーはにっこりとほほ笑むと、どうぞというしるしに黙って一礼した。ナルーモフもにやにや笑いながら、ゲルマンが長年の禁を解いたことを祝い、ビギナーズラックを祈ると言った。

「ベットしました！」自分のカードの裏にチョークで賭け金を書き込むと、ゲルマンは言った。

「いくらですかな？」胴元が目を細めながらたずねた。「すみませんが、よく見えないものですから」

「四万七千です」ゲルマンは答えた。

その言葉を聞いた途端全員が振り返り、すべての視線がゲルマンに注がれた。「こいつ、頭がおかしくなったのか」とナルーモフは思った。

「一言申し上げさせていただきますが」チェカリーンスキーが相変わらず笑みを絶やさずに言った。「あなた様の賭け金はかなり破格でございますね。私どものところでは最初のベットで二百七十五ルーブリ以上賭けた方はまだいらっしゃらないのですが」

「とおっしゃいますと」ゲルマンは言い返した。「勝負していただけるのですか、いただけないのですか？」

チェカリーンスキーは穏やかな表情を変えぬまま、承諾のしるしにうなずいた。

「私が申し上げたかったのはつまり」と彼は言った。「仲間の信用を損なわないために、勝負は本物の金でしかできないということです。私個人としては、あなた様の口約束でも十分だと確信してはいるのですが、ゲームの秩序を守り勘定をきちんとするために、カードの上に賭け金を置いていただきたいもので」

ゲルマンはポケットから一枚の小切手を取り出してチェカリーンスキーに渡した。

24　注4にあるファラオのゲームで、親（胴元）が左右に一枚ずつのカードを置き、その数との関連でその回の子の賭け札の勝敗が決まるまでを一ターンという。これをくりかえして親の手札がすべて開かれると一ラウンド終了となる。

相手はざっと目を通すと、それをゲルマンの賭け札の上に置いた。

彼は最初のターンに入った。右のカードが9《ジェヴャトカ》、左が3《トロイカ》だった。

「勝ちました！」ゲルマンは自分のカードを開いて言った。

客たちが一斉にささやき交わした。チェカリーンスキーは一瞬表情を曇らせたが、しかしすぐにまた笑みが顔に戻ってきた。

「清算されますか？」彼はゲルマンにたずねた。

「お願いします」

チェカリーンスキーはポケットから数枚の小切手を取り出して、即座に清算を済ませた。ゲルマンは自分の金を受け取ると、テーブルを離れた。ナルーモフは茫然としたままだった。ゲルマンはレモネードを一杯飲み干すと家路についた。

次の日の晩、ゲルマンは再びチェカリーンスキーの家に姿を現した。ホストが胴元をつとめていた。ゲルマンがゲームテーブルに近寄ると、客たちは即座に場所を空けた。チェカリーンスキーは愛想よく彼に一礼した。

ゲルマンは次のラウンドが始まるまで待ってから、おもむろに賭け札を提示し、その上に元金の四万七千と昨日の勝ち金を載せた。

チェカリーンスキーは最初のターンに入った。ジャック《ヴァレット》が右に、7《セミョルカ》が左に出た。

ゲルマンが開いた賭け札も7《セミョルカ》だった。

皆がアッと息をのんだ。チェカリーンスキーは目に見えて動揺していた。彼は九万四千ルーブリを数えると、ゲルマンに渡した。ゲルマンは平然と金を受け取って、即座に立ち去った。

次の晩、ゲルマンはまたカードテーブルの前に姿を現した。皆が彼を待ち構えていた。将軍や枢密参事官の面々もホイストを放りだして、この桁外れな勝負を見物しようとやってきた。若い将校たちもソファからはせ参じ、給仕たちも皆客間に集まっていた。ほかのプレイヤーたちも自分の賭け札は引っ込めて、この勝負の成り行きを固《かた》唾《ず》をのんで見守っていた。ゲルマンはテーブルに向かって立ったまま、蒼白な、しかし笑みを絶やさないチェカリーンスキーを相手の、一対一の対決に備えていた。両者がともに新しいカードの封を切った。チェカリーンスキーは自分のカードをシャッフルする。ゲルマンは自分の賭け札を選んで前に出し、その上に小山のような小切手の束をかぶせた。決闘さながらの光景だった。あたりを深い静寂が支配していた。

ターンに入ったチェカリーンスキーの手が震えていた。右にクイーン《ダーマ》が、左にエース《トゥース》が出た。

「エース《トゥース》の勝ちだ!」ゲルマンがそう言って自分の賭け札を開く。

「あなたのクイーン《ダーマ》は殺されましたよ」チェカリーンスキーがいたわるように言った。

ゲルマンはぎくりとした。見ると本当に、自分の賭け札がエース《トゥース》ではなく、スペードのクイーン《ダーマ》になっている。彼はわが目を疑った。こんな取り違えがどうして起こったのか、自分でも納得がいかなかったのだ。

その瞬間、彼にはスペードのクイーン《ダーマ》が目を細めて、にやりとほくそ笑んだような気がした。異様なまでにそっくりな表情が彼に衝撃を与えた……。

「婆さんだ!」彼は恐怖の叫び声をあげた。

チェカリーンスキーが相手の負け金の束を手前に引き寄せる。ゲルマンはじっと立ち尽くしていた。彼がテーブルから離れると、にわかに騒々しい評定が始まった。

「見事な勝負だ!」と客たちは口々に賞賛した。チェカリーンスキーは改めてカードをシャッフルし、ゲームが続けられた。

結び

ゲルマンは狂ってしまった。オブーホフ病院[25]の十七号室にいて、何を訊かれても答えようとせず「3《トロイカ》、7《セミョルカ》、エース《トゥース》！ 3《トロイカ》、7《セミョルカ》、クイーン《ダーマ》！……」と異様な早口でつぶやくばかりである。

リザヴェータは大変優しい青年と結婚した。青年はどこかに勤めていて、資産もしっかりしている。これは老伯爵夫人の家のかつての執事の息子だった。今リザヴェータは貧しい親戚の娘を養女にしている。

トムスキーは騎兵大尉に昇進して、例の公爵令嬢ポリーナと結婚しようとしている。

25 十八世紀末に創立されたペテルブルクの公立病院。はじめて精神科が作られたことで有名。

ベールキン物語 1

プロスタコーヴァ夫人　それはもう、旦那様、この子は小さい
頃からお話《イストリヤ》が大好きでして。
スコチーニン　ミトロファンは私に似たのですよ。

『親がかり』[2]

出版者より

このたび公刊の運びとなったI・P・ベールキン物語集の出版に取り組むに際して、私どもは、できれば作品に今は亡き作者の略伝を添えて、国文学を愛好する方々が当然抱かれるであろう、作者はどんな人物かという疑問に答える一助としたいと考えました。まずは、故人に最も近い親戚でかつ遺産相続人である女性マリヤ・アレクセーエヴナ・トラフィーリナ様にこれを依頼しましたが、残念ながら故人とはまったく面識がなく、したがって何の情報もご提供いただけないとのお返事。この件については、故ベールキン氏の友人であったある紳士に依頼するべしとのご助言を賜《たまわ》りました。そ

1　作品の正式名称は「故イワン・ペトローヴィチ・ベールキン物語集」。
2　無知で強欲なロシアの地主層を風刺的に描いたデニース・フォンヴィージン（一七四五～九二）の喜劇（一七八二）。夫人のせりふは「歴史《イストリヤ》」の勉強ぶりについての質問を「お話《イストリヤ》」への好みの問題と取り違えて答えたもの。

こでお言葉どおり先方に依頼状をお送りしたところ、次のような、願ってもないご回答をいただいた次第。これは故人に関する高邁《こうまい》なる観点からの所見と、胸を打つ友情とを盛り込んだ貴重な記録であり、かつ伝記情報としてもきわめて満足のいくものなので、一切変更も注釈も加えぬまま、ここに掲載させていただきます。

拝復　＊＊＊様

今月十五日付の貴信、二十三日に拝受いたしました。それによれば、小生の親友であり、また領地も隣り合わせだった故イワン・ペトローヴィチ・ベールキン君について、生没年、軍務歴、家庭の事情、さらに平素の営みや気質に関する詳細情報をご所望とのこと。小生、ご希望をかなえることを大いなる悦びと心得ますので、同君の語った言葉、および小生自身の観察のうちから、記憶に残っていることを一部始終、書き送らせていただきます。

イワン・ペトローヴィチ・ベールキン君は、一七九八年ゴリュヒノ村で、立派な貴族のご両親のもとに生まれました。父親は故ピョートル・イワーノヴィチ・ベールキン大尉、その奥方はトラフィーリン家の令嬢ペラゲーヤ・ガヴリーロヴナであります。

父君は裕福でこそありませんでしたが、節度に富み、領地経営に関してはすこぶる有能な人物でした。息子のベールキン君は、村の教会の堂守《どうもり》を教師として初等教育を受けました。読書を好み、またロシア文学の勉強が好きになったのも、おそらくこの敬うべき人物の感化によるものでしょう。一八一五年、同君は歩兵狙撃連隊《ほへいそげきれんたい》（第何隊かは失念しましたが）に入隊し、一八二三年になる間際《まぎわ》まで同隊に勤務しました。たまたまご両親が相次いで亡くなったことから、やむなく退役し、世襲領地であるゴリュヒノ村に戻らざるを得なくなった次第です。

こうして領地経営に着手したものの、経験不足と生来の温厚さが仇《あだ》となり、じきにベールキン君は経営をなおざりにして、亡父が導入した厳しい秩序も、すっかり緩《ゆる》めてしまいました。もとは勤勉で目端《めはし》の利く村長がいて、農民はこの相手を（彼らの習性通り）煙たがっていたのですが、ベールキン君はこの人物の職を解き、自分のところの年取った家政婦頭《かせいふがしら》に村の管理を任せてしまいました。この女はお話を語って聞かせるのがうまいというのでご主人の信頼を獲得したのです。これは二十五ルーブリ札と五十ルーブリ札の見分けすらできたためしがないという愚かな老女で、村民全員の洗礼母にあたっていましたが、そんなわけで皆からすっかり甘く見られていました。

村民によって新しく選ばれた村長は、皆となあなあの間柄で、一緒になって旦那をだましにかかったものですから、ベールキン君は否応なく賦役《ふえき》を廃止し、極めてゆるい年貢制を導入せざるを得なくなりました。しかも農民たちは主人の気の弱いのに付け込んで、その年貢さえ一年目は特別免除を取り付け、次年度以降も、年貢の三分の二以上をクルミだとかコケモモだとかといったもので支払い、おまけにそれすら滞納する始末でした。[3]

亡き父君の友人であった小生は、子息のイワン・ペトローヴィチにも助言を与えるのを義務と心得ていたので、彼が台無しにした昔の秩序を回復してやろうかと、何度か持ちかけました。一度などはこの目的のために彼の家を訪れ、経営の帳簿を出させたうえで、ペテン師の村長を呼びつけて、ベールキン君の立会いの下に帳簿の点検にとりかかりました。若い領主は、初めのうちこのうえなく真剣な面《おも》もちで熱心に私の作業を見守っていましたが、やがて計算の結果、最近二年間に農民の数が増え、一方で家禽《かきん》や家畜の数が目立って減少していることが判明すると、ベールキン君はこの最初の情報だけですっかり満足してしまい、その先は小生の話に耳を傾けようとしませんでした。そして小生があれこれ詮索《せんさく》し、厳しく問い詰めたあげく、ペテン師の村長を混乱の極みに追い詰め、ぐうの音も出ない状態にさせたまさにその瞬間、実に腹立たしいことに、ベールキン君が椅子の上でぐうぐうと大いびきをかいているのが聞こえてきたのでした。この時以来、小生はこの人物の経営方針に口をさしはさむのをきっぱりと断念し、彼の仕事を、（彼自身がそうしているように）至高の神の采配《さいはい》にゆだねたのでした。

このことはしかし、我々の友好関係をいささかも損なうものではありませんでした。なぜなら小生は、この人物の弱さと、わが国の青年地主貴族に共通した破滅的な怠慢ぶりを悔やみながらも、心から彼を愛していたからです。実際、あそこまでおとなしくて正直な青年を、愛さないわけにはいきませんでした。ベールキン君の側も年長の私に敬意を示し、心から慕ってくれました。お互いに習慣も考え方も気質も大方異なっていたのですが、それでも亡くなる直前まで、彼は毎日のように会いに来ては、

3　地主領の農民（農奴）は人格的・経済的に地主に隷属しており、分与地を得る代償を賦役か年貢（賃租）で支払う義務を負った。賦役は地主の直営地での農作業や工事、工場労働など拘束が強いため、自分の分与地から得た農産物や出稼ぎの金で払う年貢が好まれた。ここではその年貢さえ、穀物や金でなく、採取した自生の果物で間に合わせる様子が描かれている。

小生のつまらない話を喜んでくれたものです。

ベールキン君は極めて節度ある生活を営み、何事においても度を過ごすことを避けていました。酒を飲んで浮かれているところなど一度も見たことがありませんし（これは当地においては前代未聞の奇跡とみなしうることです）、女性を大いに好む反面、そのはにかみぶりもまことに処女のごとくでありました。[4]

貴信に言及されていた物語群のほかに、ベールキン君は多数の手稿を残していて、その一部は小生の手元にあり、また一部は例の家政婦頭がさまざまな家事上の用途に使ってしまいました。例えば昨年の冬には、彼女の住む離れの窓という窓に、ベールキン君が未完のまま残した長編小説の第一部が、防寒用に張り付けられていたものです。お申し越しの物語群は、彼の処女作と思われます。本人の言によれば、あの作品群は大方事実に基づいていて、さまざまな人物から聞いた話だとのことです。[5]ただし人名はほぼすべてが作者自身の考え出したものであり、村落等の名称は、当地近辺の地名を借りたもので、したがって小生の所有する村の名もどこかに出てきます。これは何も悪しき底意《そこい》があってのことではなく、単なる想像力の欠如の結果にすぎません。

ベールキン君は一八二八年の秋、風邪をこじらせたあげくに熱病で倒れ、当郡の医師の手厚い治療の甲斐もなく、他界いたしました。ちなみにこの医者は極めて腕がよく、とりわけ種々の痼疾《こしつ》、例えば魚の目等々の治療を得意としております。ベールキン君は数え年三十歳にして小生の腕に抱かれながら死んでいき、遺体はゴリュヒノ村の教会の、ご両親の墓の傍らに葬られました。

故人は中背で、目は灰色、髪は亜麻色、鼻筋が通り、色白の細面でした。

以上、今は亡きわが隣人かつ友人であった人物の暮らしぶり、仕事、気質、容姿について、小生が思い出せる限りのことを記しました。ただし、もしも本状の一部をご利用になる必要が生じた場合にも、どうか小生の名前は伏せていただくよう、くれぐ

4　【原注】ここに一つの逸話が添えられていたが、不要なものとみなして省略する。ただし読者に断わっておくが、その内容は何らベールキン氏の思い出を損なうものではない。

5　【原注】実際、ベールキン氏の手稿では、一つ一つの物語の冒頭に作者の手で「これこれの人物(官位もしくは称号、および名前のイニシャルにより表示)からの聞き書き」と記されていた。詮索好きな方のために転記しておくと、『駅長』を語って聞かせたのは九等文官のA・G・N、『射弾』は中佐のI・L・P、『葬儀屋』は番頭のB・V、『吹雪』および『百姓令嬢』は若い女性のK・I・Tが、それぞれ物語ったものである。

れもお願い申し上げます。小生、文筆家の皆様を大いに尊崇《そんすう》し、敬愛するものではありますが、自らその職業に参入するのは無益なことであり、かつ老齢の身として気恥ずかしいことと心得るからであります。

敬具

一八三〇年十一月十六日[6]

ネナラドヴォ村にて

本書の著者の敬愛すべきご友人の意志を尊重することを義務と心得ると同時に、ご提供いただいた情報に対して深い感謝をささげ、読者諸氏もまた、本状にみなぎる真摯さと厚情をご評価くださるよう、願う次第です。

A・P

6　この書簡の文末の日付は、冒頭に書かれた相手の手紙の受信日より前になっている。こうしたことを含む本状の矛盾点については、巻末読書ガイドを参照。

射弾

私たちは互いに撃ち合った。

バラティンスキー[7]

決闘のルールに従って、私はあの男を撃ち殺してやろうと誓った(私にはまだ一発撃つ権利が残っていたのだ)。

『露営の宵』[8]

一

私たちは＊＊＊という小さな町に駐屯していました。陸軍将校の暮らしは、だれもが知っているとおりで、朝は教練と馬術、昼食は連隊司令官の家か、それともユダヤ人の安食堂で済ませ、晩はポンチ酒[9]を飲んでカードというわけです。＊＊＊には客を受け入れてくれる屋敷など一軒もなく、年頃の令嬢も皆無でした。私たちはお互いの部屋に集まっていたのですが、そこで見かける相手ときたら、隊の軍服を着た連中ばかりでした。

7　エヴゲーニー・バラティンスキー（一八〇〇〜四四）はプーシキンと同時代のロマン派詩人・軍人。エピグラフは物語詩『舞踏会』（一八二八）より。

8　同じくロマン主義期の作家・軍人でデカブリストの一員でもあったアレクサンドル・ベストゥージェフ＝マルリンスキー（一七九七〜一八三七）の短編（一八二三）。

9　ワイン、ラム酒、レモンなどの果汁、砂糖か蜂蜜を湯で溶き、香辛料を加えた飲料。

ただ一人だけ、軍人でもないのに仲間に交じっている人物がいました。年齢は三十五歳くらいで、私たちの目から見ればもはや年寄りです。酸いも甘いも嚙み分けたような、こちらには及びもつかない貫禄ぶりでしたし、おまけにいつも仏頂面で気も荒ければ口も悪いところが、若い私たちの心に強い印象を与えました。彼の人生は謎めいていて、見るからにロシア人なのに、名前は外国風でした。かつてこの人物は軽騎兵隊にいて、しかも出世コースを歩んでいたそうですが、なぜか誰も知らない理由で退役し、こんな貧しい町に移り住んで、貧乏なくせに金遣いの荒い暮らしをしていたのです。外出するにも馬車は使わず、いつも着古した黒のフロックコート姿で歩いていましたが、それでいて自分の家の食卓を開放し、連隊の将校ならだれでもごちそうしてくれるのでした。もっとも、食事といっても料理は退役兵の作る二、三品だけでしたが、その代わりシャンパンは惜しみなく注がれました。資産のことも収入のことも、誰一人知らなかったものの、それをあえて本人に問う勇気のある者はいませんでした。彼の家には蔵書があって、大半は軍事関連のものでしたが、中には小説も交じっていました。そうした本を彼は喜んで人に貸し、決して返せとは言いませんでした。その代わり自分が借りた本も、持ち主に返したためしはなかったのです。この人物の主な日課は、ピストル射撃の訓練でした。部屋の壁ときたら、四面ともまんべんなく弾丸が撃ち込まれ、まるで蜂の巣のように穴だらけ。土塗り壁の貧相な住居の中で、豊かなピストルのコレクションだけが唯一の贅沢品《ぜいたく》でした。射撃の腕前は想像を絶する域にまで達していたので、仮にこの男が、誰かの帽子に載せた梨をピストルで撃ち落としてみせようと宣言したとすれば、我々の連隊の中に、自分の頭を差し出すのをためらうような人間は一人もいなかったでしょう。私たちの会話にはしばしば決闘の話題が登場しましたが、シルヴィオ（そう呼ぶことにしましょう）は、決してそうした会話には加わりませんでした。今までに決闘をしたことがあるかと聞かれると、ただ「ある」とぶっきらぼうに答えるのみで、詳しい説明をしようとはせず、いかにもそういう質問は不快だという様子を見せるのです。きっと誰かあの恐ろしい腕の犠牲になった者がいて、それで良心が咎《とが》めるのだろう――私たちはそんな風に思ったものでした。ただし、臆病さだとかそれに類した要素がこの人物にあろうとは、夢にも思ったことはありません。風貌《ふうぼう》だけで、その種の憶測をはねつけてしまうような人物がいるものです。だからある思いがけない出来事があったとき、皆愕然《がくぜん》としたのでした。

あるとき連隊の十人ばかりの将校が、シルヴィオの家でごちそうになっていました。飲む方もいつもの通り、つまりしこたま飲んでいました。食事が終わると、私たちは主人に、カードの胴元になってくれとねだりました。相手はなかなか承知しません。めったにカードはやらなかったからです。が、ようやくカードを出せと従僕に命じると、テーブルの上に五十枚ばかりの金貨をざらりと並べ、座って胴元の姿勢をとりました。皆はその周囲に席を占め、こうしてゲームが始まりました。ゲーム中には完全な沈黙を守るというのがシルヴィオのスタイルで、言い争いもしなければ説明も一切なし。仮に賭け手が勘定違いをしたようなときは、即座に不足分を払い足すか、それとも貸しになった分を書き留めます。私たちはそれを心得ていたので、邪魔をせずに彼が自分の流儀で勝負を仕切るに任せていました。ところがこのときは、最近私たちの隊に転属になったばかりの将校が一人混じっていました。この男もゲームに加わっていたのですが、ついうっかりしてその気もないのにカードの端を折ってしまったのです。[10]シルヴィオはチョークを取って、いつも通り差額を書き留めました。将校は相手の間違いだと思って抗議しました。シルヴィオのほうは黙ってカードを捌《さば》き続けています。業を煮やした将校は、ブラシを手に取ると、不当だと思える記録を消してしまいました。シルヴィオはチョークを手に取って、再び記録します。酒とゲームと同僚の笑い声ですっかり頭に血が上っていた将校は、自分がひどい辱《はずかし》めを受けたと思い込み、怒り狂ってテーブルの上にあった銅製の燭台《しょくだい》をつかむと、シルヴィオめがけて投げつけました。相手はかろうじて身をかわし、これをよけたのです。私たちは騒然となりました。シルヴィオは立ち上がると、憤りのあまり蒼白になって、目をぎらぎらと光らせながら告げました。

「どうかお引き取り下さい。これが私の家で起こったことを、神に感謝するんですな」

私たちはこの後の展開を疑わず、新しい同僚はもはや殺されたものとみなしていました。将校は、侮辱の落とし前はいつでもつける用意がある、手段はどうなりと、胴元さんにお任せしよう、と言い残して出ていきました。ゲームはまだ何分か続けられましたが、主人がゲームどころではないのを感じ取ると、一人二人と席を立ち、じきにまた欠員がでるぞ、などと語り合いながら、それぞれの宿へと散っていったので

10　カードの端を折ることは倍賭けのサインになる。

した。

翌日の馬術の時間にはもう、みんなして、あの気の毒な中尉はまだ無事かなどとたずねあっていたものですが、そこへひょっこりと、当の本人が姿を現しました。私たちは彼にも同じ質問をしました。その返事によると、シルヴィオからはまだ何の音沙汰もないとのこと。私たちは愕然としました。シルヴィオの家に行ってみると、当人は庭にいて、門に張り付けたエース札を標的に、一発また一発と弾丸を撃ち込んでいます。いつも通りに私たちを迎えて、昨日の出来事については一切触れようとしません。三日たってもまだ、中尉は無事でした。はたしてシルヴィオは決闘しないで済ませる気なのか?――わたしたちは意外な気持ちで語り合いました。結局シルヴィオは決闘しませんでした。相手のごく簡単な釈明を受け入れて、和解したのです。

この出来事で、若者たちの間での彼の評価はガタ落ちになりました。勇気の欠如ということは、若者にとって何よりも許しがたいものです。若者はふつう大胆さこそが人間の価値の一番の指標で、それさえあればどんな欠点も許されると思っているからです。とはいえ、次第にすべては忘れられていき、シルヴィオはまた以前のような影響力を取り戻したのでした。

ただ一人、この私だけは、もはや彼に近づくことができなくなっていました。生まれつき小説風の想像力に恵まれていた私は、この出来事の前まで、だれよりも強くこの人物を慕っていました。謎めいた人生を送るこの男が、何か神秘的な物語の主人公のように思えたのです。彼も私を気に入ってくれました。少なくとも、私を相手にするときだけは、普段の辛辣な毒舌を抑え、気さくな、常になく愛想の良い口調で、いろんなことを話してくれたのです。しかしあの不幸な晩のことがあってから、この人物の名誉は汚《けが》されてしまった、しかも汚名が雪《すす》がれないのは本人の落度なのだという思いが胸を去らず、昔のように付き合うのを妨げていた——つまり相手の顔を見るだけで、こちらが恥ずかしくなる気がしたのです。頭が切れて経験豊富なシルヴィオが、これに気付かぬわけはないし、またその理由が分からぬはずもありません。どうやらこのことで胸を痛めていたようです。少なくとも一度か二度、私に向かって釈明したがっているようなそぶりが見えました。しかしこちらのほうがそんな機会を避けたため、シルヴィオも私から遠ざかったのです。そんなことがあってから、私はほかの仲間と一緒のときにしか彼と会わなくなりましたし、以前のように率直な会話を交わすこともなくなりました。

何かと気の散ることの多い首都の住人には分からなくても、田舎や地方都市に住む者にはおなじみの、心騒ぐような出来事がたくさんあります。例えば郵便が届く日を待ち望む経験がそれです。毎週火曜日と金曜日、私たちの連隊の事務所は将校たちであふれかえっていました。送金を待つ者もいれば、手紙を待つ者も、新聞を待つ者もいました。封書はたいがいその場で開封され、ニュースは皆に披露されて、事務所は大いににぎわいます。シルヴィオも連隊気付で手紙類を受け取っていたので、たいていその場にいました。あるとき一通の封書を受け取った彼は、ひどくもどかしげに封《ふう》蠟《ろう》をはがしました。そして手紙を走り読みするうちに、目が爛々と輝いてきたのです。将校たちはそれぞれ、受け取った手紙にかまけていて、何も気づきませんでした。「諸君」とシルヴィオは皆に呼びかけました。「事情があって、私は即刻この地を去らなくてはならない。今夜発《た》つことになる。これが最後になるから、どうか拙宅に食事に来てくれたまえ。君のことも待っているよ」と彼は私のほうを向いて続けました。「必ず来てくれ」。

そう言うと、彼は急ぎ足で立ち去りました。私たちはシルヴィオのところで落ち合おうと約束して、めいめいの方向に散ったのでした。

約束の時間にシルヴィオの家に行ってみると、連隊の将校がほとんど顔をそろえていました。家財道具はすべて荷造りされて、弾痕だらけの壁がむき出しになっています。私たちは食卓に着きました。主人は飛び切り上機嫌で、やがてそのはしゃぎぶりが皆にも伝染しました。ひっきりなしにシャンパンの栓が抜かれ、グラスが絶え間なくシュワシュワと泡立ち、私たちは精一杯、心を込めて、旅立つ者の無事を祈り、多幸を願ったのでした。皆が席を立ったのは、もう晩も遅いころでした。玄関口で、それぞれ軍帽を手にした客たちと別れの挨拶をかわしていたシルヴィオは、まさに私が辞去しようとしたそのとき、腕を取って呼び止めました。「君にちょっと話がある」彼は小声で言いました。私はその場に残りました。

客が姿を消すと、残った私たち二人は、向かい合った席に腰を下ろし、黙ったままパイプに火を着けました。シルヴィオは何か気がかりなことがあるようで、先刻の熱に浮かされたようなはしゃぎぶりは、すでに影さえもありません。陰鬱な青ざめた顔、ギラギラ光る目、口からたなびく濃い紫煙が、まるで本物の悪魔のような印象をその風貌に与えていました。何分かがたって、シルヴィオは沈黙を破りました。

「おそらく、我々はこの先二度と会うことはないだろう」彼は私に言いました。「別れの前に、一つ説明しておきたいことがある。君も気づいていると思うが、私は他人の意見など気にする質《たち》ではない。しかし君のことは好きだし、大事に思っている。だから君の頭に誤った印象を残しておくのは、やりきれないのだ」

彼はそこで言葉を切ると、消えてしまったパイプに煙草を詰め出しました。私は目を伏せたまま黙っていました。

「君は不可解に思ったことだろう」と彼は続けました。「あの酔っぱらいの狼藉者《ろうぜき》Rに対して、私が償いも求めずにいたのを。君も承知のように、武器を選ぶ権利がこちらにあるからには、あの男の命は私の手の内にあり、こちらにはほとんど生命の危険はなかった。だから、穏便に済ませたのは、ひとえに私の寛大さのせいだったと言ってもいいのだが、しかし嘘はつきたくない。もしも自分の命をまったく危険にさらさずに、Rの奴を罰することができたならば、私は決して彼を許したりはしなかったことだろう」

私は驚いてシルヴィオを見つめました。このような打ち明け話をされて、すっかり当惑してしまったのです。シルヴィオは先を続けました。

「嘘ではない。私には、自分の命を危険にさらす権利がないのだ。六年前に平手打ちを食らって、その相手がまだ生きているからだ」

私は激しく好奇心を掻き立てられました。

「その人物と決闘をしなかったのですか？」私はたずねました。「きっと、何かの事情で引き離されてしまったんですね」

「決闘はした」シルヴィオは答えました。「これが決闘の記念だ」

シルヴィオは立ち上がると、ボール箱から赤い縁なし帽子を取り出しました。金色の一本線が入ってモールが付いたやつ（フランス人が警官帽《ボンネ・ド・ポリース》と呼ぶもの）です。彼がそれを被ると、額の上四、五センチのあたりに弾が貫通した穴が開いていました。

「じつは」とシルヴィオは続けました。「私は昔＊＊軽騎兵連隊に勤務していた。私の気質は君も知っているとおり、負けん気の強いほうだが、とりわけ若いころは、人の上を行くことに心血を注いでいたものだ。当時は型破りな振る舞いがもてはやされていたので、私は軍隊一の狼藉者になった。酒の飲みっぷりも自慢の種で、あのデニース・ダヴィードフ[11]が賛歌をささげた、好漢ブルツォーフさえ飲み負かした。決闘沙汰は連隊ではしょっちゅうだったが、私はそのたびに介添人《かいぞえにん》として、また当事者として、一枚嚙んでいたものだ。同僚は私をもてはやし、頻繁に入れ替わる連隊の司令官たちも、いわば必要悪として私を見逃していた。

こうして私がのうのうと（あるいはぴりぴりしながら）名声にひたっていたとき、連隊に裕福で家柄のいい一人の青年（名は伏せるが）が赴任してきた。生まれてこの方、あそこまで金ぴかの幸運児を見たことはない！　ひとつ思い浮かべてみたまえ——若くて頭がよくて美男子で、底抜けに陽気で能天気なほど大胆で、家名は天下にとどろき、金は湯水のように遣って、しかも決して尽きることがないのだ。想像がつくだろう、これだけの青年が、我々の間にどんな反応をもたらすことになったか。私の牙城《がじょう》は揺らいだ。私の評判に惹かれて、この青年は友だちづきあいを求めてきたのだが、こちらが冷たくあしらうと、何の惜しげもなく離れていった。私は相手が憎らしくなった。連隊の中でも女性の間でもこの男がもてはやされているのを見ると、どんどん気持ちがすさんでいった。何とか喧嘩を売ろうと皮肉を飛ばしてみせると、相手も皮肉で応えてくる。しかもそれが、こちらのよりももっと意表を突いた辛辣な皮肉で、当然ながら、よっぽど笑えるのだ。なにしろ相手が冗談を言っているのに、こちらは毒づいているのだから。ついにあるとき、あるポーランド人の地主宅の舞踏会で、この男が女性陣の注目を一身に集め、とりわけ、私と関係のあったその家の女主人までが彼に見とれているのを見かけた私は、彼の耳元に口を寄せて、他愛もないありふれた暴言をささやいてやった。相手は真っ赤になると、私にびんたを食らわせた。たちまち二人はサーベルを取ろうと駆けだし、女性たちは失神して次々に倒れた。我々は引き離されたが、早速その夜のうちに決闘に出かけた。

もう夜明けになっていた。私は指定の場所に、自分側の三人の介添人とともに立っていた。何ともいえぬじりじりするような気持ちで、敵を待っていたのだ。春の太陽が昇り、早くも暑気を運んでくる。遠くに相手の姿が見えた。徒歩で、脱いだ軍服の上着を腰のサーベルにからげ、介添人を一人だけ連れている。我々もそちらに向かって歩き出した。近寄ってくる相手は帽子を片手に携《たずさ》えていて、その中には熟したサクランボの実がいっぱい入っている。介添人たちが十二歩の距離を測り、私たちを立たせた。私が最初に撃つはずだったが、憎しみの感情が募るあまり、手元が狂わないか

11　デニース・ダヴィードフ（一七八四～一八三九）。ロシアの詩人。ロシアがナポレオン軍を迎え撃った一八一二年の祖国戦争期の軍人で、独特のロシア的感性をベースに飲酒、女性、ヒロイズムを愛でる快楽主義的な詩を書き、ロマン主義世代に支持された。ブルツォーフは詩人自身を模した放埒な主人公で、架空の人物。

自信が持てない。そこで気を静めるための時間稼ぎに、相手に最初の発砲権を譲ることにした。ところが相手は受け入れない。仕方なく籤引《くじび》きにしたところ、最初の発砲者は相手と決まった。どこまでも運のいい男だ。相手は狙いを付け、そして私の帽子を打ち抜いた。次は私の番だ。とうとうこの男の命が私の手に握られたのだ。私は彼の顔をしげしげと眺め、そこにせめて一筋でも不安の影を見いだそうとした……。相手は銃口を向けられて立ったまま、帽子から熟したサクランボを選り出して口に入れては、種を吐き出していて、その種が私の近くまで飛んでくる。その無頓着ぶりが私を激昂させた。こいつが自分の命を何とも思っていないのだとしたら——と私は思った——そんな人間の命を奪って、私に何の益があるのか。ある邪悪な考えが頭に浮かんだ。私はピストルを下ろした。

『どうやら、今は死ぬどころじゃないようですな』私は相手に言った。『どうぞ朝飯を食いたまえ。邪魔するつもりはありませんから』

『邪魔なんて、とんでもない』相手は言い返した。『どうぞ気兼ねなくお撃ちください。もっとも、どうなりとお好きなように。発砲の権利はそのままあなたに残ります。僕はいつでもあなたのお役に立つ覚悟でいますから』

私は介添人たちに向かって、今日は撃つつもりがないと宣言し、それで決闘はお開きとなった。

　私は退役して、この土地に移ってきた。その時以来、一日として復讐を考えなかった日はなかった。そして今日、待ちに待った時が訪れたのだ……」

　シルヴィオはポケットからその朝受け取った手紙を取り出し、私に読めと促しました。それはモスクワの誰か（おそらくシルヴィオの業務代理人）からの手紙で、かの人物は近々、ある若く美しい令嬢と正式に結婚するはずだ、という内容でした。

「君には分かるだろう」シルヴィオは言いました。「そこにあるかの人物という奴の正体が。私はモスクワへ行く。一つ拝見してやるのだ、あの時、死を目の前にしてサクランボを食っていたあの男が、結婚式を控えた今、同じように無頓着に死を受け入れられるかどうか！」

　そう言うとシルヴィオは立ち上がり、例の帽子を床に投げ捨てて、部屋の中を行きつ戻りつしはじめました。その様子はまるで檻の中の虎のようです。身じろぎもせずに耳を澄ましていると、不思議な、相反する感情がこみあげてきて、私の心を波立たせました。

従僕が入ってきて、馬の用意ができたと告げました。シルヴィオが私の手を固く握り、私たちは接吻を交わしました。彼は小ぶりな旅行用の馬車に乗り込みました。荷物はトランクが二つで、一つにはピストルが、もう一つには身の回りの品が詰め込まれています。もう一度別れのあいさつを交わすと、馬車は走り出しました。

二

何年かが過ぎて、私は家の事情でやむを得ず、N郡のある貧しい村に移り住んでいました。領地の経営をする一方で、かつてのにぎやかで屈託のない暮らしを思い出しては、ひそかにため息をつくばかり。とりわけ秋や冬の夜長をまったくの一人ぼっちで過ごすのには、なかなか慣れることができませんでした。午餐《ごさん》までは、村長と打ち合わせをしたり、馬に乗って野良仕事の現場を見回ったり、新しい施設を歩いて回ったりして、なんとか時間をつぶすことができるのですが、やがて日も暮れる頃になると、すっかり身を持て余してしまうのです。戸棚の下や物置で見つけた少しばかりの書物は、もはや散々読んで暗記してしまいました。女中頭のキリーロヴナが覚えている限りのお話はすべて聞きつくし、農婦たちの歌を聞いても、気が滅入るばかりです。甘みを加えていない果実酒に手を出してみたのですが、飲むと頭が痛くなる始末。それに、正直な話、わびしさのあまり飲んだくれるのはごめんだと思っていました。つまりそれこそが一番みじめな酒飲みで、そうした例は同じ郡でわんさと見ていたからです。近所には親しい隣人もいませんでした。二、三人のみじめな飲んべえは別ですが、そうした連中の話というのは、大半がしゃっくりとため息でできています。つまりそんな連中を相手にするくらいなら、一人ぼっちのほうがまだましというものです。

私の村から四露里[12]のところに、B伯爵夫人の所有する豊かな領地がありました。とはいえそこに住んでいるのは管理人だけで、伯爵夫人が自分の領地を訪れたのは、結婚した年にただ一度きり、それもわずか一月ばかり滞在しただけでした。ところが私がこの地に引きこもって二年目の春、伯爵夫人がその夏に、夫とともに自分の村へやってくるといううわさが聞こえてきました。そして本当に六月の初めになると、夫妻が姿を現したのです。

12　一露里は一〇六七メートル。

田舎で暮らしている者にとって、裕福な隣人の出現というのは画期的な出来事です。地主たちも使用人たちも、二か月も前からそのことを噂しあい、そして事後にはまた三年ばかりも噂し続けるのです。私の場合も、正直なところ、若くて美しい女性の隣人が現れるというニュースに、胸をときめかせたものでした。その御尊顔を拝する折を今か今かと待ち望んでいたものですから、さっそく到着の翌週の日曜日、午餐をすませると、＊＊村に出かけました。最寄りの隣人でありかつ従順なる僕《しもべ》として、伯爵ご夫妻に自己紹介をしようというわけです。

召使いは私を伯爵の書斎に案内すると、自分は客の来訪を主人に告げるために引き下がりました。広い書斎には、贅《ぜい》を尽くした調度がしつらえられていました。壁際にはいくつかの書棚が並び、それぞれ上にブロンズの胸像が置かれています。大理石の暖炉の上には大きな鏡が掛かっており、床は緑のラシャでおおわれて、ところどころに絨毯《ラグ》が置かれています。貧しい片田舎で贅沢とは無縁に過ごし、他人の富に触れる機会も久しくなかった私は、すっかり気おくれしてしまい、まるで田舎から来た請願者が大臣のお目見えを待つように、びくびくしながら待機していました。ドアが開いて、三十二歳くらいの男性が入ってきました。美男子です。これが伯爵で、気さくな打ち解けた様子で私に近寄ってきました。私は勇《ゆう》を鼓《こ》して自己紹介をしようとしましたが、相手に先を越されてしまいました。二人して腰を下ろします。伯爵の話しぶりは自由闊達で愛想がよく、すっかり世間から遠ざかっていた私の気おくれも、やがて消えていきました。そろそろ普段の自分を取り戻しかけていたところへ、不意に伯爵夫人が入ってきたので、私は先ほどに輪をかけてしどろもどろになってしまいました。実際、奥方は大変な美人でした。伯爵が私を紹介してくれたので、打ち解けた様子を繕《つくろ》おうとしたのですが、寛《くつろ》いだふりをしようとすればするほど、かえってますますぎこちなくなってしまいます。そんな私に立ち直る余裕を与え、新しい付き合いに馴れるまで待とうという風情で、夫妻は二人だけで話をはじめました。あえて懇意な隣人のように扱って、気兼ねせずにほったらかしにしてくれたのです。それを機に私は書斎の中をぶらついて、本だの絵だのを拝見することにしました。絵のことは分からない私ですが、一枚の絵には興味を覚えました。スイスのどこかの景色を描いたものです。しかし私を驚かせたのは描いてある中身ではなく、その絵に二発の銃弾が撃ち込まれていたことでした。しかも一発がもう一発の上に重なって撃ち込まれていたのです。

「いや、これは見事な腕前ですね」私は伯爵の方を向いて言いました。

「まったく」と相手は応じて「実に見事な腕前です。で、あなたは射撃のほうは？」と問いで話をつなげます。

「そこそこやりますよ」ようやく話題が自分の好きな分野に絡んできたのを喜びながら、私は答えました。「三十歩の距離でしたら、ゲームのカードを的にして撃ち損じることはありません。もちろん使い慣れたピストルならですが」

「まあ、本当に？」いかにも興味津々《しんしん》という口調で伯爵夫人が言いました。「ねえ、あなた、あなたは三十歩の距離でカードに当てられる？」

「まあそのうちに」伯爵は答えました。「試してみようよ。昔は僕も、まあまあの腕前だったんだよ。でも、もう四年もピストルを手にしていないからな」

「おや」と私は言いました。「そういうことでしたら、賭けてもいいですが、伯爵は二十歩の距離でさえ、カードに命中させることはできないでしょうね。ピストルは毎日の練習が欠かせませんから。私は経験で知っているのです。かつて連隊で、私は射撃の名手の一人とみなされていました。それがあるとき、まるひと月もピストルを手にしなかったことがありました。修理に出していたのです。それでどうなったと思われますか、伯爵？　その後また射撃をはじめたのですが、その最初のときには、二十五歩の距離から酒壜を狙って、立て続けに四発撃ちそこなったんですよ。わが隊の騎兵大尉は皮肉屋で、いつもひょうきんなことを言うのですが、たまたまそこに居合わせて『つまり貴官は、世話になっている酒壜に刃向かうことができないわけだ』と言ったものです。いや、伯爵、練習を怠ってはいけませんよ。すぐに腕がなまってしまいますからね。私が出会った中でも一番の射撃の名手は、毎日、午餐前に少なくとも三発は撃っていました。これはもう日課で、一杯のウオッカと同じく欠かしたことがないのです」

私の口が滑らかになったのを、伯爵夫妻は喜んでいました。

「その人物の腕前は？」伯爵が私にたずねます。

「そうですね、例えばその男が、壁にハエが止まっているのを見つけたとします。笑っていらっしゃいますね、奥様。いや、これは本当のことですよ。ハエを見つけると即座に『クジマー、ピストル！』とさけぶ。従僕のクジマーが弾丸の入ったピストルを持ってくる。彼はバンと撃って、ハエを壁にめり込ませる、というわけです」

「それはすごい！」伯爵は言いました。「それで、その人物の名前は？」

「シルヴィオといいます、伯爵」

「シルヴィオ!」伯爵は急に椅子から立ち上がって叫びました。「シルヴィオをご存じだったのですか?」

「ご存じも何も、伯爵、親しい仲でした。私たちの連隊では、彼は同僚扱いされていたのです。でも、もう五年ばかりも音信不通なのですが。してみると、伯爵、あの男をご存じだったのですね?」

「知っていました。よく知っていましたよ。彼はあなたに話しませんでしたか……いや、まさかとは思いますが。でも、あるとても奇妙な出来事のことを、彼はあなたに話しませんでしたか?」

「平手打ちのことではありませんか、伯爵、舞踏会でどこかのひょうきん者から食らったという?」

「で、そのひょうきん者の名前を、彼はあなたに言いましたか?」

「いいえ、伯爵、言いませんでした……え! もしかして」話している間に、私にも真相が見えてきました。「失礼……つい知らずに……では、あなたのことだったんですか?……」

「私です」ひどく動揺した様子で伯爵は答えました。「そしてあの射貫《いぬ》かれた絵は、我々が最後に会った時の記念なのです……」

「ああ、あなた」伯爵夫人が言いました。「お願い、その話はやめて。聞くのが怖いわ」

「いや」伯爵ははねつけました。「何もかも話そう。この人は、自分の友人が私からどんな侮辱を受けたかを知っているのだ。だから、あのシルヴィオが私にどんな仕返しをしたかも、知ってもらおうじゃないか」

伯爵は私に肘掛け椅子をすすめました。そうして私は、好奇心を掻き立てられるままに、次のような話を聞いたのでした。

「五年前に私は結婚しました。そして新婚のひと月、すなわちハネムーンを、ここで、この村で過ごしました。この家で人生最良の瞬間のいくつかを味わい、そして最悪の思い出の一つを味わったのです。

ある日の晩、妻と乗馬に出かけたところ、妻の馬が何かのはずみで強情を張りだし、言うことを聞かなくなってしまいました。すっかり動転した妻は、私に手綱《たづな》をゆだねて、自分は徒歩で帰宅することにしました。私は馬で先に帰ったのです。家に着くと、庭に旅行用の馬車が停まっていました。召使いの報告では、来客があって私の書斎に通したが、名を名乗ろうとせず、ただ私に用事があると言うばかりだとのこと。書斎に行ってみると、薄暗がりに男が一人いるのが見えました。旅の埃《ほこり》にまみれた風体で顔は不精ひげだらけ、そんな恰好でここの、暖炉のわきに立っていたのです。こんな顔の知り合いがいただろうかと首をかしげながら、男に歩み寄りました。

『私がわからないのかね、伯爵?』相手は震える声で言いました。

『シルヴィオか!』思わずそう叫んだときは、正直な話、髪の毛が逆立つ思いでした。

『そのとおり』相手は続けました。『私が撃つ番だから、ピストルに詰めた弾を発射しに来たのだ。用意はいいか?』

そのピストルが、相手の脇ポケットから突き出していました。私は十二歩の距離を測って、あそこの隅っこのところに立ち、妻が帰宅しないうちに、早く撃ってくれと頼みました。相手は急ぐ様子もなく、明かりをくれと言いました。召使いが燭台を持ってきます。私は誰も通すなと命じてドアに鍵をかけ、改めて相手に撃ってくれと頼みました。相手はピストルを抜くと、狙いをつけました……。私は一秒二秒と数え……妻のことを考えました……。恐ろしい一分が過ぎました! シルヴィオは構えていた腕をだらりと垂らしました。

『あいにくだが』彼は言いました。『このピストルに詰まっているのはサクランボの種じゃない……弾は重いぞ。どうやらこれじゃ、決闘じゃなくて、ただの人殺しだ。武器を持っていない相手を標的《まと》にするのは、どうも性に合わん。最初からやり直そう。籤引きで、どっちが先に撃つか決めようじゃないか』

私はすっかり動転していました……。承知したつもりはなかったのですが……。結局我々はもう一丁のピストルに弾を込め、二枚の籤を作って、シルヴィオがそれを帽子に入れました。昔私が射貫いたあの帽子です。籤を引いてみると、またもや私が一番目でした。

『伯爵、あんたはまったく、悪魔のように運がいいな』

薄笑いを浮かべて相手は言い放ちました。あの笑いは一生忘れません。自分がどういう状態にあったのか、どんな風に仕向けられたのか、今でも分かりませんが……とにかく私は発砲して、あそこの、あの絵に弾を当ててしまったのです」（伯爵は銃で射貫かれた絵を指さしました。その顔は火のように燃え、伯爵夫人の顔は手にしたハンカチよりも蒼白でした。私はたまらずにあっと叫んでしまいました）。

「私は発砲しました」と伯爵は続けます。「そして幸いにも、撃ち損ないました。するとシルヴィオは……（この瞬間のシルヴィオは、まさに鬼気迫《ききせま》る形相をしていました）。シルヴィオは私に狙いを付けはじめました。その時突然ドアが開いて、マーシャが飛び込んできたかと思うと、金切り声を上げて私の首に抱きついてきました。妻の出現で、私はすっかり勇気を取り戻しました。

『どうしたんだ』と私は妻に言いました。『僕たちがおふざけでやっているのがわからないのかい？　それにしても、ひどくびっくりしたものだね！　水を一杯飲んでから戻ってくるといい。僕の旧友であり同僚だった人物を君に紹介しよう』マーシャはそれでもまだ信用できないようでした。

『夫の言っていることは本当ですの？』恐ろしい形相をしたシルヴィオに向かって彼女は言いました。『本当にお二人でふざけていらっしゃるのですか？』

『ご主人はいつもふざけているんですよ、伯爵夫人』シルヴィオは妻に答えます。『ある時ご主人はふざけて私に平手打ちを食らわせ、ふざけて私のこの帽子を撃ちぬき、今もふざけて私を撃ち損ねたわけです。今度はこの私がふざけてみたくなりましてね……』

そう言うと彼は私を狙おうとしました……妻の前でです！　マーシャは彼の足もとに身を投げ出しました。

『立つんだ、マーシャ、みっともないぞ！』私はいきり立って叫びました。『君も、かわいそうな女性をいじめるようなまねはやめてくれないか？　いったい撃つのかね、撃たないのかね？』

『よそう』シルヴィオは答えました。『もう満足したよ。あんたが狼狽《ろうばい》するところも、怖気《おじけ》づくところも見たし、私に向かって発砲させることもできたからな。気がすんだよ。私のことは忘れないだろう。あんたのことは、あんたの良心に任すさ』

そう言って出ていこうとしましたが、戸口でふと立ち止まり、私が射貫いた絵に向かって振り向きざまに、ほとんど狙いもせずに発砲し、そのままふっと姿を消したのです。妻は気を失って倒れています。使用人たちはシルヴィオを引き留める勇気もないまま、こわごわと見守るばかり。シルヴィオは表階段に出ると声をあげて馬車を呼び、私が正気に返る暇《いとま》もないうちに立ち去りました」

伯爵は黙り込みました。こうして私は、かつてその発端部分を聞いて衝撃を受けた物語の結末を知ったのです。物語の主人公とは、もはや二度と会うことはありませんでした。噂によると、シルヴィオはアレクサンドル・イプシランティの反乱の際にエテリアの一部隊を率いて戦い、スクレニの戦いで戦死したそうです。[13]

13　アレクサンドル・イプシランティ（アレクサンドロス・イプシランティス一七九二～一八二八）はイスタンブール生まれのギリシャ人。ロシア軍の少将。オスマン帝国からの解放を目指すギリシャ人秘密結社フィリキ・エテリアの指導者となり、一八二一年独立戦争を挑むが敗北。スクレニ（スクリャン）はベッサラビアのプルート川沿いの町名。

吹雪

馬はでこぼこ道を
深雪を踏んでひた走る……
ふと脇を見れば神の御堂が
ぽつんと一つたたずんでいる
……（中略）……
にわかに周囲は吹雪に閉ざされ
大粒の雪が降りかかる
一羽のカラスが翼を鳴らして
橇《そり》の上を旋回し
まがまがしい声で悲嘆を告げる

馬たちは気をはやらせ
暗い彼方をひたと見据える
たてがみを逆立てて……

ジュコーフスキー[14]

一八一一年の末、我々には忘れがたいあの頃のこと、[15]ガヴリーラ・ガヴリーロヴィチ・Rという立派な地主が、ネナラドヴォという領地に暮らしていました。客好きで情の厚いことで世に聞こえた人物で、近隣の者たちがしょっちゅう入り浸っては飲み食いし、奥方と五コペイカ玉を賭けたボストン・ゲームをしていました。また中には、この家の一人娘でマリヤ・ガヴリーロヴナという名の、すらりとして頬の蒼白い十七歳

14　ロシアの詩人ワシーリー・ジュコーフスキー（一七八三〜一八五二）のバラード『スヴェトラーナ』（一八一三）の一節。乙女が吹雪の夜に、死霊との結婚式に招かれる夢を見るという物語。
15　注11で触れた祖国戦争の前夜で、大陸封鎖策をとるナポレオンの率いるフランスとそれにあらがうロシアとの間の緊張が高まっていた。

の令嬢を、一目見ようと通ってくる者たちもおりました。豊かな持参金のついた花嫁候補と見なされていて、多くの者が自分の妻に、息子の嫁にと、目を付けていたのです。

マリヤ嬢はフランスの小説を読んで育ったお嬢さんで、したがって、もう恋をしていました。彼女の選んだ相手は貧しい陸軍准尉[16]で、休暇で自分の村に帰ってきていたのです。当然ながら、この若者もまた、激しい恋の炎を燃やしていましたし、また当然ながら、二人の愛に気づいた親たちは、娘に相手への思いを禁ずるとともに、青年に対しては、退職選任参事官《ザセダーチェリ》にも劣るような、冷たい態度をとりました。

恋人たちは手紙で語り合い、また毎日のように松林や古い礼拝堂で密会を重ねていました。そこで互いに永遠の愛を誓い、運命を嘆いては、もしああだったら、こうだったらと、仮定の話をし合うのでした。そうして文通をし、相談をしているうちに、二人は（ごく自然な成り行きで）次のような考えに至ったのです。こうして自分たちが、お互いがいなければ息をすることもできないほど愛し合っているのに、残酷な親たちの意志がその幸せを妨げているとしたら、自分たちはそんな親の意志など無視してもかまわないのではないか？　もちろん、この名案はまず青年の頭に浮かんだもので、そしてもちろん、マリヤ嬢の小説的な想像力も、これを大歓迎したのです。

冬がやってきて、二人の逢い引きは断たれてしまいましたが、文通はますます盛んになりました。ウラジーミル青年は手紙を書くたびに懇願します――僕の妻になっておくれ。密かに式を挙げて、しばらく身を潜《ひそ》め、それからご両親の足下《あしもと》に身を投げて許しを請うのだ。きっとご両親は、勇敢にも愛を貫いた不幸な恋人たちに同情して、言ってくれるに違いない、「子供たちよ！　私たちの腕の中においで」と――。

マリヤ嬢は長いことためらい続け、その間に様々な駆け落ちのプランが出されては退けられました。そしてとうとう彼女は承知しました。決行の日、彼女は頭痛を口実に夜食をとらず、自室に退く。小間使いも仲間に加わっているので、小間使いと二人して裏口の階段から庭に出る。庭の外れに馬を付けた橇《そり》が待っているから、それに乗って、ネナラドヴォから五露里のジャドリノ村の教会までまっすぐに行く。するとそこにはもう、ウラジーミルが待ち構えている、という段取りです。

いざ決行という日の前夜、マリヤ嬢は一晩中眠りませんでした。あれこれと旅の支度をして、肌着やドレスの包みをつくり、涙もろい親友の令嬢に宛てて長い手紙をし

16　尉官の最下級位。

たため、両親に宛ててもう一通を書きました。手紙の中でマリヤ嬢は、たいそう哀切な筆致で両親にいとまを告げ、道に外れた行為を、あらがいがたい情熱の力ゆえとしてわび、そして最後は、いつか誰よりも大切な両親の足下に身を投げることのかなう時が来るならば、それを生涯でいちばん幸せな瞬間と思うことでしょう、と結んでいました。二つの燃えるハートにそれらしい題辞をあしらったトゥーラ[17]製のスタンプで二通の手紙を封印すると、日の出間際になってようやくベッドに身を投げ、まどろみかけましたが、すぐさま恐ろしい夢が次々に浮かんできては、眠りを妨げるのでした。ある夢では、結婚式に出かけるために橇に乗り込もうとした瞬間に、父親が彼女を引き留め、ものすごい勢いで雪の上を引きずっていって、真っ暗な、底なしの地下壕に放り込む……そして彼女は、名状しがたい恐怖に胸を締め付けられながら、まっしぐらに落下していくのです。また別の夢では、恋人のウラジーミルが青ざめた顔で、血まみれになって草の上に横たわっているのを見ました。恋人は瀕死の状態にありながら、早く自分と結婚してくれと、甲高い声で懇願するのでした……。他にもいろいろ、奇怪で無意味な幻想が、次々と目の前を通り過ぎていきました。とうとうベッドから起き上がってしまいましたが、いつもに輪をかけて青ざめた顔をして、本物の頭痛に見舞われていました。娘のただ事でない様子に気づいた両親が、やさしく気遣いながら、「どうしたんだい、マーシャ?」「病気じゃないの、マーシャ?」と頻《しき》りに問いかけるので、彼女の胸ははり裂けそうになります。何とか親たちを安心させようとして、明るく振る舞おうとするのですが、できません。そうして夕刻になりました。もはやこれが家族の中で過ごす最後の日になるのだと思うと、胸がつぶれるようです。生きている心地さえせぬまま、周囲のすべての人、すべての物に、密かに別れを告げました。

夜食の時間になると、いよいよ胸がどきどきしてきました。震える声で食欲がない旨を告げ、父母に就寝の挨拶をします。両親の口づけを受け、いつも通り祝福の言葉をもらうと、つい泣き出しそうになります。自室に戻り、ベッドに身を投げて、さめざめと泣きました。小間使いが、どうか落ち着いて、元気を出してくださいと言い聞かせます。もはや準備は整っていたのです。半時間後には令嬢は、両親の家を、自分の部屋を、のどかな娘時代を、永遠に見捨てて行かなくてはなりません……。外は吹雪、風が唸り、鎧戸《よろいど》があおられてガタガタいっています。何もかもが彼女には威嚇《いかく》し

17　モスクワの南百六十五キロにある都市で、古くから冶金業が盛んだった。

ているように思え、不吉な予兆に思えました。やがて家中が寝静まりました。令嬢はショールで身を包み、暖かいコートを着込むと、手箱を携《たずさ》えて裏口から外へ出ました。後から小間使いが二つの包みをもってついてきます。二人は庭に降りました。吹雪は収まる気配もなく、風が正面から吹き付けます。あたかも若き罪人《つみびと》を、力ずくで思いとどまらせようとしているかのようでした。二人はしゃにむに庭の果てまで歩いて行きました。道に出ると、橇が待ち構えています。すっかり体が冷えてしまった馬たちは、一か所にじっとしていません。ウラジーミル青年の御者が、はやる馬たちを抑える恰好で、梶棒の前あたりを行ったり来たりしています。令嬢と小間使いを助けて馬車に乗せ、包みと手箱をしかるべき場所におくと、御者は手綱《たづな》を取り、馬たちが勢いよく駆け出しました。さて、令嬢の身は運命の計らいと御者のテレーシカ君の手綱さばきにゆだねるとして、彼女の恋人たる我らが青年のほうに目を転じてみましょう。

ウラジーミルは一日中、馬橇《ばそり》で駆け回っていました。朝はジャドリノ村の司祭を訪ね、無理矢理に話をつけました。次には立会人を探すために、近隣の地主宅の訪問にとりかかりました。真っ先に、四十がらみの退役少尉ドラーヴィンという人物を訪ねてみると、喜んで引き受けると言います。この人物に言わせると、こうした冒険の話を聞くと、昔のことを思い出し、軽騎兵時代の悪ふざけを思い出すとのこと。彼はウラジーミルを説き伏せて午餐を付きあわせ、重ねて、残りの二人の立会人もきっとたやすく見つかると請合いました。そして実際、午餐がおわるとすぐに、口ひげをはやして拍車付きのブーツをはいたシュミットという名の測量士と、郡警察署長の息子で、十六歳くらいの、つい最近槍騎兵隊《そうきへいたい》に入ったばかりの少年が、姿を見せました。そろってウラジーミルの頼みを引き受けたばかりか、彼のためなら命を捨てる覚悟さえあると誓ってみせました。ウラジーミルは感極まって相手を抱きしめると、準備のため家路についたのです。

すでに日はとっぷりと暮れていました。彼はしっかり者の御者テレーシカに自分用の三頭立て馬橇《トロイカ》をゆだね、事細かに指示を与えてネナラドヴォ村へ遣わし、自分用には小さな橇《そり》に一頭だけ馬をつけるよう命じると、御者も伴わずに一人でジャドリノめがけて出発しました。二時間もすればそこへマリヤ嬢がやってくる手はずだったのです。よく知った道ですし、わずか二十分の距離にすぎませんでした。

ところが村を出て野に差し掛かった途端、にわかに風が巻き起こってたちまち猛吹雪となり、何一つ見えなくなってしまいました。たちまちにして道は雪に隠れ、あたりはぼんやりとした黄色っぽい霧のようなものに覆われて、その向こうから白い雪片が飛んできます。天と地が一つに合わさってしまいました。ふと気づくとウラジーミルのいるのは雪原のまっただ中。もう一度道路に戻ろうとするのですが、さっぱりうまくいきません。馬は行き当たりばったりに足を踏み出しては、むやみに雪だまりに踏み込んだり、穴ぼこに落ちたりするので、橇はしょっちゅうひっくりかえってばかり。せめて方角だけは見失うまいと必死にがんばりました。でもすでに半時間以上もたった気がするのに、いまだにジャドリノの林には着いていません。それからさらに十分ほどしても、林は一向に見えないのです。ウラジーミルはそここに大きな窪みがある雪原を、ひたすら進んでいきました。吹雪は止む気配がなく、空も晴れません。馬は疲れはじめ、彼のほうはしょっちゅう腰まで雪に埋まっているにもかかわらず、滝のような汗をかいていました。

ようやく彼は、自分が間違った方向に進んでいるのに気付きました。橇を停め、記憶と推理を総動員して考えた結果、右に進まねばならなかったのだと確信しました。右手に進路をとります。馬は歩くのがやっとの状態。もはや出かけてから一時間以上になります。ジャドリノは近いはずです。しかし行けども行けども、雪原には終わりがありません。ひたすら雪だまりと窪地の繰り返しなのです。しょっちゅう橇が横転し、しょっちゅうたてなおさねばなりません。時は過ぎていきます。ウラジーミルは激しい不安に駆られはじめました。

とうとう横手の方角に何か黒ずんだものが現れました。ウラジーミルはそちらに向きを変えます。近づいてみると林です。助かった、と彼は思いました、もう近いぞ。彼は林を迂回《うかい》するように進みました。すぐになじみの道に出るか、それともそのまま林を回って向こう側に出られると思ったのです。ジャドリノ村は林のすぐ裏手なのですから。じきに道を見つけたので、そのまま冬枯れで裸になった木々の間の暗がりに入っていきました。そこではもう風も猛威を振るうことはできず、道も滑らかなので、馬は元気を回復し、ウラジーミルもホッとしました。

しかし、行けども行けども、ジャドリノ村は姿を現しません。林が果てしなく続いているのです。見知らぬ森に入り込んでしまったんだ——そう気づいてウラジーミルはぞっとしました。もはやすっかり絶望の虜《とりこ》です。馬に鞭をくれると、哀れな生き物は速歩《トロット》で駆け出しはするのですが、じきに疲れてしまい、十五分もたつと並足に戻ってしまって、不幸なウラジーミルがどう頑張っても言うことを聞きませんでした。

少しずつ木々がまばらになってきて、ついにウラジーミルは森を抜けました。でもジャドリノ村は影も形もありません。もう真夜中近くになっているはずです。涙が湧き出してきて、彼はやみくもに馬をすすめました。吹雪は収まり、黒雲もあらかた散って、目の前には、純白の波打つ絨毯を敷き詰めたような雪原が広がっていました。深夜とはいえ、十分見通しがききます。ふと見ると、遠からぬところに小さな村落があります。ほんの四、五軒の農家が集まったものです。ウラジーミルはそちらに馬を向けました。一番手前の農家のところまで来ると、橇から飛び降り、窓へ駆け寄ってドンドン叩きました。何分かしたころ、板の鎧戸《よろいど》が持ち上がって、一人の老人が白い髭面を覗かせました。

「何か用かね？」

「ジャドリノは遠いのか？」

「ジャドリノが遠いかって？」

「そうそう、遠いのか？」

「遠くはねえ。十露里ってとこだ」

この答えを聞くと、ウラジーミルはまるで死刑を宣告されたかのように、頭を抱えて棒立ちになってしまいました。

「どこから来たんだね？」

老人はそう続けましたが、ウラジーミルには答える元気もありません。

「なあ爺さん」彼は言いました。「ジャドリノまで行く馬を手配してもらえないか？」

「馬なんて、うちにゃあねえよ」百姓は答えます。

「じゃあ、せめて道案内を出してくれないか？　金はいくらでも払うから」

「待ってな」老人は鎧戸を下ろしながらそう言いました。「うちの息子を出してやる。あいつなら案内できるから」

ウラジーミルは待つことにしました。しかし一分もたたぬうちにまた窓をたたき出します。鎧戸が上がって、さっきの髭面が現れます。

「何の用だね？」

「息子さんはどうした？」

「今出ていくよ。靴を履いているところだ。おやあんた、凍えてるんじゃないか？　上がって温まって行けば」

「ありがとう、それより息子さんをせかしてくれ」

玄関の戸がきしむ音がして、太い棒を持った若者が出てくると、先に立って歩き出しました。すっかり雪だまりに隠れた道を指し示したり、棒で確かめたりしながら進みます。

「何時になる？」ウラジーミルがたずねると、「まあ、そろそろ夜明けだな」と若い百姓の返事。ウラジーミルはそれ以上一言も発しませんでした。

雄鶏《おんどり》が時を告げ、もはやあたりが明るくなってきたころ、二人はようやくジャドリノに着きました。教会の扉は閉まっています。案内人に礼金を払うと、ウラジーミルは内庭に馬車を乗り入れ、司祭の住居に向かいました。内庭には、先に着いているはずの彼の三頭立て馬橇《トロイカ》は見当たりません。そして、なんという知らせが待ち構えていたことでしょうか！

しかしここでひとまず、かの善良なるネナラドヴォ村の地主一家のもとへと戻り、いったいどんな事態になっているか見てみることにしましょう。

じつは、何一つ起こってはいなかったのです。

目覚めた年寄り夫婦が、客間に出てきました。夫のガヴリーラ・ガヴリーロヴィチは室内帽に綿ネルのジャケット、奥方のプラスコーヴィヤ・ペトローヴナは綿入れのガウンという姿です。サモワールが出されると、ガヴリーラ・ガヴリーロヴィチは下女に命じて、マリヤ嬢の体の具合はどうか、よく眠れたかを聞きにいかせました。戻ってきた下女が言うには、お嬢様はよくおやすみになれませんでしたが、今はお加減もよくなり、すぐに客間においでになるとのこと。そして実際、ドアが開いてマリヤ嬢が入ってくると、父母に朝の挨拶をしようと近寄ってきました。

「頭痛はどうだね、マーシャ」父親がたずねます。

「よくなってきましたわ、お父様」と娘。

「マーシャ、あなたきっと、昨日は暖炉の排気《ガス》に中《あた》ったのね」と母親。

「そうかもしれませんね、お母様」娘は答えました。

その日は平穏に過ぎましたが、真夜中になってにわかに令嬢の加減が悪くなりました。町の医者を呼びに人が遣わされます。医者がやってきたのは翌日の夕刻で、その時には患者はもう熱に浮かされている状態でした。重篤《じゅうとく》な熱病との診断がなされ、哀れな患者は二週間もの間、生死の境をさまよったのです。

家では誰一人、駆け落ちの計画のことは知りませんでした。前夜に令嬢が書いた手紙は焼き捨てられ、小間使いはご主人方の怒りを恐れて、だれにも一言も漏らしませんでした。司祭、退役少尉、口ひげの測量士、年少の槍騎兵も出しゃばったまねはしませんでしたが、これにもそれぞれ理由がありました。御者のテレーシカは普段から、たとえ酔ったときでさえ、けっして余計なことは言いません。こうして、秘密は六、七人の関係者の間で、堅く守られていたのです。ただし令嬢自身が絶えず熱に浮かされていたものですから、いきおいうわごとで秘密をしゃべります。しかしその言葉があまりに支離滅裂なものですから、じっと付き添っていた母親がそこから理解したことはといえば、娘がウラジーミル青年を死ぬほど愛していること、そしておそらくこの病気もいわゆる恋煩《こいわずら》いだろうということだけでした。母親は夫と相談し、何人かの隣人とも相談しましたが、そのあげくに皆の意見は、どうやらこれがマリヤ嬢の天命だろうというところに落ちつきました。諺《ことわざ》にも「神様の決めた相手は避けられぬ」「貧乏は罪にはあらず」「富と添うより人と添え」とか何とかいうではないか、というわけです。まことにこうした教訓的な諺というものは、我々が自分でろくな口実を思いつけないような場合に、驚くほど役に立ってくれるものです。

そのうちに令嬢も回復しはじめました。ウラジーミルの足は遠のいたままです。この家ではいつも冷遇されたせいで、すっかり怖気《おじけ》づいてしまったのです。そこで一つ青年を招待して、結婚の許可という思いがけない幸福を告げてやろうということになりました。しかしネナラドヴォ村の地主夫妻が仰天したことに、招待への返答として青年が届けた手紙は、とても正気とは思えないような内容でした。青年の述べるところでは、二度と自分が貴家にお邪魔することはないでしょう、どうかこの不幸者のことはお忘れいただきたい、自分に残された希望は死ぬことだけである、というのです。数日後夫妻は、ウラジーミル青年が軍隊に戻るために当地を去ったということを知りました。一八一二年のことです。

ようやく回復しつつあるマリヤ嬢にこのことを告げるのを、長いこと人々はためらっていました。本人も、一度としてウラジーミルの名前を口にしませんでした。そうして何か月か経ったころ、ボロジノの会戦[18]で武勲をあげ、重傷を負った戦士の中にその名前を見つけて気を失った時には、あの熱病の再発かと、周囲は心配したものです。しかし幸いなことに、失神は一過性のもので済みました。

もう一つ悲しい出来事が令嬢を見舞いました。父親が亡くなったのです。全財産は

18　一八一二年九月、ナポレオン軍のモスクワ入城に先立つ大決戦。

娘への遺産として残されましたが、遺産は令嬢を慰めてくれません。哀れな母親の悲しみを心から分かちあった令嬢は、生涯母親と別れぬ決意を固めました。二人は悲しい思い出の場となったネナラドヴォ村を去って、＊＊＊県の領地に移り住むことにしたのです。

新しい土地でも、この美しくて裕福な令嬢の周りに求婚者たちが群がりましたが、彼女はどんな相手にも、一片の希望すら与えようとしませんでした。母親も時折、よい伴侶を選びなさいとすすめますが、そんなとき、マリヤ嬢は首を振って物思いに沈むのでした。ウラジーミルは、もはやこの世にはいませんでした。フランス軍の襲来の前夜、モスクワで亡くなっていたのです。青年の記憶は彼女には神聖なものだったらしく、少なくとも、昔彼が読んでくれた本、彼が描いた絵、彼女のために書き写してくれた楽譜や詩など、相手を偲《しの》ぶよすがとなるものは、すべて大事に保存していました。事情を知った隣人たちは、その一途《いちず》さに感動すると同時に、この穢れを知らぬアルテミシア[19]の悲しい貞節を打ち破るべき英雄がいつ登場するかと、興味津々で見守っておりました。

そうしている間に戦争は、栄誉ある結果に終わりました。わが軍の部隊が国境の向こうから凱旋《がいせん》してきます。国民は駆け寄ってこれを迎えました。楽隊が奏でる曲までが戦利品で、「アンリ四世、万歳！」《ヴィヴ・アンリ・カトル》[20]、チロル風ワルツ、「ジョコンダ」[21]のアリアといった演目です。遠征に出るときにはまだまだほとんど少年だった将校たちも、戦場の空気に鍛えられてすっかり大人になり、十字勲章をたくさん下げた姿で戻ってきました。楽しげに仲間内の会話に花を咲かせている兵士たちの言葉にも、しきりにドイツ語やフランス語の単語が混じります。忘れがたき時！　栄光と歓喜の時！　祖国という言葉を発するとき、ロシア人の心臓がいかに高鳴ったことでしょうか！　再会の涙が、いかに甘かったことでしょうか！　祖国への愛と皇帝への愛――この両者を

19　紀元前四世紀、小アジアのカリア国を統治したアケメネス朝ペルシアの人マウソロスの妻。夫の死後、自ら海軍を率いてロドス島の反乱を鎮圧した事績で有名。亡き夫を記念して壮麗なマウソロス霊廟を建立したことから貞節の手本とされ、悲しみのあまり夫の遺灰を酒に混ぜて飲み、自害したという伝説がある。

20　フランスの作曲家シャルル・コレ（一七〇九〜八三）のコメディ『アンリ四世の狩猟大会』（一七七四）の中の曲で、一八一四年の王政復古以降フランスではやった。

21　ニコロ・イズァール（一七七五〜一八一八）作曲のオペラ『ジョコンダ、または恋の武者修行』（一八一四）を指す。

我々は、いかに心を一つにして、同じ一つのものとして味わったことでしょうか！　そして皇帝にとって、これがいかに素晴らしい時だったことでしょうか！

女性たち、あの時のロシアの女性たちときたら、それはもうたとえようもないほど素敵でした。いつものつんとすました様子は影ほどもありません。彼女たちの喜ぶさまは、見ていてもうっとりするほどで、勝利者たちを迎えると、皆で「万歳！」と叫び、「そして、頭巾を空に抛《ほう》り投げた」[22]のです。

当時の将校なら誰でも認めるはずです——最高の、もっとも貴重なご褒美は、まさにロシアの女性にもらったものであると……。

あの輝かしい時を、マリヤ嬢は母親とともに＊＊県で過ごしていたので、ペテルブルグやモスクワの住民が兵士たちの帰還を祝うさまを目撃してはいません。しかし地方や田舎でこそ、もしかしたら、人々のはしゃぎぶりは一層激しかったかもしれません。そんなところに帰還将校でも現れようものなら、それはもう文字通りの凱旋《がいせん》で、フロックコートを着た役人などは、恋愛合戦ではとても太刀打ちできません。

先述の通り、マリヤ嬢は恋愛には冷めていたとはいえ、相変わらず求婚者たちに囲まれていました。しかしひとたび彼女の住む屋敷に戦傷を負ったブルミーンという軽騎兵隊の大佐が現れると、皆は引き下がらずにはいられませんでした。おまけにこのブルミーンは聖ゲオルギー勲章[23]を襟に着け、当地の令嬢たちの表現によれば「心をそそる翳《かげ》りある顔」をしていたのです。年は二十六歳といったところ。休暇で自分の領地に戻ってきたのですが、それがたまたまマリヤ嬢の住む村の近くだったのです。マリヤ嬢は明らかにこの青年を特別扱いにしていました。この相手の前では、いつもの沈んだ様子が消えて、俄然《がぜん》明るくなるのです。相手の気を惹こうとしていると言ったら嘘になるでしょうが、しかし彼女のふるまいをもし詩人が見たら、きっと言ったことでしょう──

「もしも愛でないならば、これはいったい何？……」[24]と。

ブルミーンは実際、とても魅力的な青年でした。まさしく女性に喜ばれる質の知

22　アレクサンドル・グリボエードフの有名な戯曲『知恵の悲しみ』第二幕第五場のせりふ。ただし同時代に出版、上演されたテクストからは削除されていた。

23　十八世紀の女帝エカテリーナ二世が導入した武勲を顕彰する勲章で、四級に分かれているが、ここでは第四級勲章。年功によっても得られるが、ブルミーンのように若くしてこれを授かるのは優れた武勲による。

性――すなわち節度と観察力に富んだ知性の持ち主であり、気どりも衒《てら》いもなく、皮肉を言っても毒がないタイプでした。マリヤ嬢に対しても率直で自由な態度で接していましたが、ただし彼女が何か言ったりしたりするたびに、彼の心も眼差しも、しっかりと相手を追っているのです。気質も穏やかで控えめに見えましたが、しかしうわさによれば、昔は手に負えないひょうきん者だったとのこと。ただしそんな噂《うわさ》も、マリヤ嬢の彼に対する評価を下げることはありませんでした。彼女は（若い女性が皆、概してそうであるように）、たとえ軽はずみな振る舞いでも、それが大胆さや情熱的な気性を表すものならば、喜んで許したからです。

しかしほかの何にもまして……（彼の優しさにも、楽しい会話にも、心をそそる翳りある顔にも、包帯をした腕にもまして）令嬢の好奇心と想像力を刺激していたのは、若き軽騎兵の沈黙でした。相手が自分をとても気に入ってくれていることを、彼女は自ら認めざるを得ませんでしたし、彼にしても、あれだけの知性と経験の持ち主であれば、彼女が自分を特別な目で見ていることくらい、とっくに気づいていていいはずです。ではいったいなぜ彼女はいまだに彼が自分の足もとにひざまずく姿を見ず、その告白を聞くこともないのでしょう？　何が彼を押しとどめているのでしょうか？

本当の恋につきものの気おくれか、プライドか、それとも狡猾《こうかつ》な女たらしの手管でしょうか？　それが令嬢には謎でした。じっくり考えてみたあげく、気おくれが唯一の理由に違いないと断定した彼女は、相手を励ましてやろうと決めて、あれこれと常にも増して気遣い、場合によってははっきりと優しい言葉をかけるようになりました。どんな急転直下の展開にもうろたえぬだけの覚悟をしたうえで、小説にあるような告白の瞬間を今か今かと待ち望んでいたのです。いかなる種類のものであれ、秘密というものは女心にとって耐えがたいものですから。彼女の作戦は、狙い通りの戦果をもたらしました。少なくともブルミーンは深い物思いに沈み、その黒い瞳に炎を宿してじっとマリヤ嬢を見つめるようになったものですから、決定的な瞬間はもう間近だと見えました。隣人たちはあたかも既定の事実のように結婚の噂をするようになり、善良な母親は、娘がとうとうしかるべき伴侶を見つけてくれたと、喜んでおりました。

ある日、老いた母親が一人で客間に座って、カードで一人占い《グランパシャンス》をしていると、ブル

24　ペトラルカのソネット第一三二番一行目の部分引用（Se amor non è che dunque?..）。原詩は「もしも愛でないならば、今私が感じているのは何？」

ミーンが入ってきて、ただちに、マリヤさんはどちらにとたずねました。

「庭におりますよ」母親は答えました。「どうぞ行ってやってください。私はここであなた方を待っていますからね」

ブルミーンが庭に出ていくと、母親は十字を切って、「きっと今日で決まるのだわ！」と思ったのでした。

庭に出てみると、マリヤ嬢は池のほとりの柳の木陰に、純白のドレスを着て、本を片手に座っていました。その姿はまさに恋愛小説のヒロインさながらです。初めに二言三言挨拶をかわした後、マリヤ嬢はわざと話の接ぎ穂を絶ってしまいました。そうして互いを気まずい状態において、そこから逃れるためには唐突ながら、思い切った打ち明け話でもするしかないという状況を作ったのです。狙いは的中しました。自分の状況の困難さを自覚したブルミーンは、実はかねてから自分の気持ちを打ち明ける機会を探していたのだが、少しだけお時間をいただけないかとたずねました。マリヤ嬢は持っていた本を閉じると、承諾のしるしに目を伏せました。

「僕はあなたを愛しています」ブルミーンは言いました。「深く愛しています……」

（マリヤ嬢は顔を赤らめ、いっそう深くうつむきました）「僕は軽率にも、こうして毎日あなたのお顔を見て、お声を聴くという心地よい習慣に、だらだらと身をゆだねてきました……」（マリヤ嬢はサン・プルー[25]の第一の手紙を思い出しました）「今はもう、自らの運命にあらがうには手遅れになりました。あなたの思い出が、あなたの美しい、比類ない面影が、これからの僕の人生の苦しみとなり、また喜びとなることでしょう。ただし僕はまだ一つの辛い務めを果たさねばならない。恐るべき秘密をあなたに打ち明けて、僕たちの間に越えがたい障壁《しょうへき》を築いてしまわなくてはならないのです……」「障壁ならば、常にありましたわ」マリヤ嬢はすばやく言葉をはさみました。「私は決してあなたの妻になることはできなかったのです……」「知っています」ブルミーンは静かに答えました。「知っていますとも。あなたはかつて恋をして、相手に死なれて、三年も嘆き暮らしてきた……。優しい、いとしいマリヤさん！　どうか僕から最後の慰めを奪おうとしないでください。あなたはきっと僕を幸せにする決断をしてくれた――僕はそう信じたいのです。ただ、もしも……ああ、黙って、お願いだから何も言わないで。ああ、胸が張り裂けそうだ。いや、僕は

25　ジャン＝ジャック・ルソーの書簡体恋愛小説『ジュリまたは新エロイーズ』（一七六一）の主人公。

知っている、感じている。あなたは僕の妻になってくださったにちがいない。ただし――僕は世界一の不幸者だ……僕には妻がいるのです！」

マリヤ嬢はびっくりして相手を見上げました。

「僕には妻がいます」ブルミーンは続けました。「結婚してすでに四年目になります。なのに誰が自分の妻なのかも知らないし、相手がどこにいるのかも、いつか会う日があるのかも、わからないのです！」

「なんですって？」マリヤ嬢は叫びました。「なんと不思議なお話でしょう！　で、その先は？　私の話はあとで申し上げますから、どうか先をお続けになってください」

「一八一二年のはじめのことです」ブルミーンは語り出しました。「僕は連隊の駐屯しているヴィルナ[26]めがけて、急いで馬橇を飛ばしていました。晩も遅くなってからある馬車駅に着いて、一刻も早く馬を替えてくれと命じたところ、にわかにものすごい吹雪となり、駅長も御者もしばらく待ってやり過ごせとすすめます。僕はその忠告に従うことにしましたが、しかしなんだか妙な胸騒ぎに取りつかれて、一向に気が落ち着きません。まるで誰かがしきりにせっついているかのようなのです。吹雪は一向に止む気配がありませんが、ついにこらえきれなくなり、改めて馬をつけるように命じると、吹雪の真っただ中を走り出しました。御者は河岸沿いに進もうと思い立ちました。そうすれば三露里ほども近道になるという目算です。ところが河岸が雪に埋まっていたおかげで、御者は本道に戻るべきポイントに気づかぬまま行き過ぎてしまいました。そして結局、まったくなじみのない場所に出てしまったのです。吹雪は止みません。ふと明かりを見つけた僕は、そちらのほうに向かえと命じました。着いたところは村で、木造の教会に明かりがともっていました。教会の扉は開け放たれていて、塀のかげには何台か橇が停めてあり、入り口階段あたりを人が行き来しているのが見えます。

『こっちだ、こっち！』何人かの声がしました。

僕は御者に橇を寄せるよう命じました。

『おいおい、どこで道草を食っていたんだ？』誰かが僕に話しかけました。『花嫁さんは気を失う、司祭はおたおたする、俺たちはそろそろ帰ろうとしていたところだぜ。早く降りるんだ』

26　現リトアニア共和国の首都ヴィリニュス。

僕は黙って橇から飛び降り、教会へ入っていきました。中は二、三本のろうそくでぼんやりと照らされています。一人の娘が教会の暗い片隅のベンチに座り、もう一人の娘が、そのこめかみのところを摩《さす》ってやっています。

『やれやれ』二番目の娘が言いました。『やっとお越しくださったんですね。もう少しでお嬢様は危ないところでしたわ』

年寄りの司祭が近寄ってきて『はじめますか？』と問います。

『ああ、さっさとはじめてください、司祭さん』僕はうわの空でそう答えました。

娘が立たされました。僕にはきれいな娘さんに見えました……。なんとも不可解な、許しがたいほどの軽薄さですが……僕はその娘と並んで、経机《きょうづくえ》の前に立ったのです。司祭は焦っていました。三人の男性と小間使い風の娘は、花嫁の身を支え、花嫁だけにかかりきりでした。私たちは結婚の冠をかぶせられました。

『接吻を』と告げられます。

妻となった女性が青白い顔を僕のほうに向けました。僕は接吻しようとしました……。その時相手は『あら、あの人じゃない！　あの人じゃない！』と叫び、そのまま倒れて気を失ってしまいました。立会人たちが驚愕《きょうがく》の眼差しでこちらを見つめます。僕は身をひるがえすと、そのままやすやすと教会を脱出し、幌橇に飛び乗って、『出せ！』と叫んだのです」

「なんですって！」マリヤ嬢は叫びました。「それで、あなたはご自分のかわいそうな奥様が、その後どうなったかご存じありませんの？」

「知りません」ブルミーンは答えます。「自分が結婚した村の名前も知らないし、どの馬車駅から出かけたのかも覚えていません。あの時は自分のした罪深いいたずらのことも、まったく軽くしか考えていなかったので、教会を出るとじきに眠り込んでしまい、目が覚めた時にはもう翌日の朝、すでに三つ目の馬車駅に着いていたというわけです。当時一緒だった従者は、のちに行軍中に死んだので、結局僕は自分があれほど残酷な冗談を仕掛けた女性、そしてそのおかげで今や残酷な報いを受けているだろう女性を、探し出す手がかりさえないのですよ」

「なんですって、なんですって！」マリヤ嬢は彼の手を取って言いました。「では、あれはあなただったんですね！　なのにあなたは、私に見覚えがないというの？」

ブルミーンはさっと蒼《あお》ざめ……そして相手の足もとに身を投げました……。

葬儀屋

我々は日々目にしないだろうか、いくつもの棺《ひつぎ》を
老いさらばえる世界に増えていく、この白髪を
デルジャーヴィン[27]

葬儀屋アドリヤン・プローホロフの最後の家財が葬式用の馬車に積まれると、二頭立てのやせ馬がバスマンナヤ街からニキーツカヤ街[28]に向けて、もう四度目の道をよたよたと歩き出しました。葬儀屋一家の引っ越しです。主人の棺桶職人は戸締まりをすると、門に「売り家、賃貸も可」と書いた札を打ち付け、徒歩で新居へと向かいます。長いことあこがれ続けた果てに、ようやく大枚をはたいて手に入れた黄色の小さな家

ですが、その間近まで来ても一向に心が弾まないので、老いた葬儀屋は怪訝《けげん》に思ったものです。見慣れない敷居を跨《また》いで中に入ると、新居はまだ荷物でごった返していました。葬儀屋は今まで暮らした古いあばら家を思い起こしてため息をつきました。そこではこの十八年の間、隅々まできちんと整理整頓が行き届いていたのです。二人の娘と下女の手際の悪さを叱りつけると、葬儀屋は自分も手伝いにかかりました。しばらくすると、家の中がすっかり片付きました。聖像《イコン》が入ったケース、食器棚、テーブル、ソファとベッドは、それぞれ奥部屋のしかるべき場所に収まっています。台所と客間には、主人の製作した色とりどりの、サイズも各種そろった棺が並び、さらに葬儀用の帽子、マント、松明《たいまつ》を収めた戸棚類が置かれました。門の上には、まるまると太ったキューピッドがさかさまにした松明を片手に持った様子を描いた看板が掲げられ、「棺桶販売および飾りつけ。並装・彩装あり。賃貸および古棺修繕も致します」と書

27　ガヴリイル・デルジャーヴィン（一七四三～一八一六）作の頌詩「滝」（一七九一）からの引用。原詩はエカテリーナ二世の寵臣グリゴリー・ポチョムキンの死に際して作られた。

28　二つの街区はともにモスクワの中心にあり、相互の距離は六キロほど。ニキーツカヤ街にはプーシキンが結婚した教会がある。

かれています。[29]娘たちは自室に引っこみました。アドリヤンは住まいをひと回りすると、窓辺に腰を下ろして、サモワールの支度を命じました。

教養ある読者ならご存知のように、かのシェイクスピアもウォルター・スコットも、自作に登場する墓掘り人たちを、陽気で冗談好きな人物として描いています。[30]職業と性格とのコントラストによって、我々の想像力を揺さぶろうというのです。しかし真実を重んじる語り手の身としては、両作家の例に従うわけにはいかず、やむを得ぬことながら、我らが葬儀屋の性格は、その陰気な職業に完全に見合ったものだったと認めざるを得ません。アドリヤン・プローホロフは、いつもむっつりとした陰気な人物でした。口を利くのは、娘たちが仕事もせずに、窓の外を行く通行人たちをぽかんと眺めているのを見つけて叱りつけるときか、あるいは棺を必要とする不幸に（ときには喜びに）見舞われた顧客に向かって、自分の作品を高く売りつけようと交渉するときくらいです。そんなわけで今もアドリヤンは、窓辺に座ってもう七杯目のお茶を飲みながら、いつもの通り不景気な物思いにふけっているのでした。頭に浮かんでいるのは、一週間前、ある退役准将《じゅんしょう》[31]の葬式で関所を通りかかったとき、大雨に見舞われたことでした。雨に濡れたおかげで、たくさんのマントが縮み、たくさんの帽子が歪んでしまったのです。長年かけて集めた葬儀装束が台無しになったからには、出費を覚悟せざるを得ません。損害の穴埋めとして彼が期待しているのは、トリューヒナという老齢の商家の後家で、もう一年ほども前から棺桶に片足を突っ込んだ状態でいるのでした。しかし瀕死のトリューヒナの住まいはラズグリャイ[32]なので、プローホロフとしては、遺族がこれまでの約束をたがえて、わざわざこんな遠方に引っ越した葬儀屋に声をかける手間を惜しみ、近所の同業者に頼んでしまうのではないかと、気が気

29　グロテスクな冗談とも聞こえるこの看板の説明は、近年の研究によれば現実を反映している。逆向きの松明を持つキューピッドは、死および死後の生を意味し、墓の装飾などに用いられる。また棺には死者を入れて土に埋める一回使用のものの外に、葬儀の際に死者の入った棺そのものを安置する豪華な飾り棺があり、こちらはくり返し使用可能なために賃貸・修繕がありうる。参考文献24参照。

30　シェイクスピアの戯曲『ハムレット』、およびウォルター・スコットの歴史小説『ランマームーアの花嫁』（ドニゼッティのオペラ『ランメルモールのルチア』の原作）に登場する墓地の墓掘り人たちを指す。

31　都市の境界に置かれ、人や物の流入を管理した。一般人の墓地は通例市境の外にあった。

32　葬儀屋の旧居があったバスマンナヤ街にある広場。

ではなかったのです。

そんな物思いを遮《さえぎ》ったのは、不意にドアに響いた三度の、フリーメーソン式のノックでした。

「どなた？」葬儀屋は応じました。

ドアが開くと、一目でドイツ人の職人と見て取れる男が入ってきて、にこにこ顔で葬儀屋に近寄ってきました。

「すみません、ご近所さん」そう切り出した客の言葉ときたら、私たちが今でも聞いただけでついニヤリとしてしまうような、訛《なま》りの強いロシア語でした。「お邪魔してすみません……少しでも早く、お近づきになりたかったので。私は靴屋、名前はゴットリープ・シュルツです。家はこの通りを渡ったところ、お宅の窓の正面に見える、あの建物に住んでいます。明日は私の銀婚式の祝いをするので、どうぞ娘さんたちをつれて、友達として食事に来てください」

招待は二つ返事で受け入れられました。葬儀屋は靴屋に、腰を下ろして茶でも一服していってくれとすすめ、やがてゴットリープ・シュルツの開けっぴろげな人柄のおかげで、二人は和気藹々《わきあいあい》と話に花を咲かせはじめました。

「どうです、お宅の商売は？」アドリヤンがたずねます。

「えへへ」シュルツは答えます。「ぼちぼちで。まあ文句は言えません。そりゃもちろん、うちの品物はお宅さんのとは違います。生きている人間は靴無しでもやっていけますが、死んだ人間は棺桶無しじゃ暮らせませんから」

「なるほどそのとおり」とアドリヤン。「でもね、仮に生きている人間に靴を買う金がなくても、自業自得ってやつだから、裸足で歩かせとけばすむが、金のない死人ときたら、ただで棺桶を巻き上げていくからね」

こんな調子でまだしばらく会話が続いていましたが、やがて靴屋は立ち上がると、改めて招待の言葉を繰り返してから、葬儀屋のもとを辞しました。

翌日の昼ちょうど十二時に、葬儀屋と娘たちは新しい家の木戸を出て、隣人の家に向かいました。ここでは今時の小説家が好むスタイルは避けて、アドリヤン・プローホロフのロシア式長衣《カフタン》のことも、二人娘アクリーナとダリヤのヨーロッパ風の衣装のことも、描写は控えておきます。ただ、二人の乙女が身につけていた黄色の帽子と赤い短靴は、晴れの日だけの盛装だったということをお伝えしておくのは、きっと無駄ではないでしょう。

靴屋の狭い住居は客であふれかえっていました。大半はドイツ人の職人と、その妻や徒弟たちです。ロシアのお役人を代表して、一人の巡査が混じっていました。ユルコという名のチューホン人[33]で、つつましい職業にもかかわらず、この家の主人の格別の愛顧を勝ち得ていました。かれこれ二十五年もの間、信念と正義一筋にこの職を務めてきたさまは、かのポゴレリスキーの郵便屋[34]さながらです。古都モスクワを壊滅させた一二年の大火[35]は、この巡査の黄色い交番をも焼き尽くしました。しかし敵が追い払われるとすぐ、同じ場所に新しい灰色の交番が純白のドーリア式円柱をあしらった姿で出現し、ユルコは再びその近辺を「鉞《まさかり》片手に粗ラシャの胸甲《きょうこう》をまとって」[36]巡回するようになったのです。彼はニキーツキー門の界隈に住むドイツ人の大半と顔なじみでした。中には日曜から月曜にかけて、彼の交番で夜を過ごしていく者もいたのです。いずれ必ずお世話になる相手だろうと思ったアドリヤンは、さっそくこの巡査と近づきになり、食卓に呼ばれたときには、一緒の席に着いたものです。

シュルツ夫妻と十七歳になる一人娘のロートヒェンは、食事をともにしながら絶えず客に食べ物をすすめ、料理女が給仕するのを手伝っていました。ビールが果てしなく注がれます。ユルコは四人前の料理を平らげ、アドリヤンもそれに引けを取りませんでした。彼の娘たちは遠慮して、お行儀よくしています。ドイツ語の会話がしだいに騒々しさを増してきました。突然、主人が皆の謹聴を促すと、樹脂で封をした酒壜《びん》の栓を抜きながら、ロシア語で叫びました。

「わが良き妻ルイーザの健康を祝して！」

シャンパンまがいの酒が泡立ちます。主人が四十歳の愛妻のすべすべした顔に口づけすると、客たちも大声で気立てのよいルイーザ夫人の健康を祝いながら乾杯しました。

「わが愛すべき客人たちの健康を祝して！」主人がもう一本の壜の栓を抜きながら

33　サンクト＝ペテルブルグ近郊にいたエストニア人、カレロフィン人の俗称。

34　ロマン主義期の作家アントニー・ポゴレリスキー（一七八七〜一八三六）の魔法物語『ラフォルト区の芥子《けし》餅売り婆さん』（一八二五）に登場する正直者の郵便馬車の御者オヌフリチのこと。ポゴレリスキーの物語は悪夢や冥界との交流を描く点で『葬儀屋』と通底する。

35　一八一二年ナポレオン軍がモスクワに入城したときの大火。

36　アレクサンドル・イズマイロフ（一七七九〜一八三一）の寓話『おバカさんのパフォモヴナ』からの引用。巡査の服装をからかったもの。

音頭をとると、客たちは礼を言って、また杯を干します。

そのあとはもう乾杯の連続となりました。一人一人の客の健康が祝われ、モスクワの健康が祝われ、十幾つものドイツの都市の健康が祝われ、あらゆる業種の職人集団の健康がまとめて祝われたかと思うと、業種別の職人集団の健康がそれぞれ祝われ、親方たちの健康と徒弟たちの健康が祝われたのです。アドリヤンも精一杯飲んで浮かれたあげく、自分でも何やら冗談めいた乾杯を提案したものでした。

ふと、客の中の太ったパン屋が、杯を掲げて呼ばわりました。

「わしらが仕事でご奉仕しているお客さん方《ウンゼレ・クントロイテ》の健康を祝して!」

この提案も例にたがわず、歓声をもって満場一致で受け入れられました。客たちは、お互いにお辞儀をしはじめました。仕立て屋が靴屋にお辞儀をし、靴屋が仕立て屋にお辞儀をし、パン屋がその両者にお辞儀をし、皆がそろってパン屋にお辞儀をする、といった具合に延々と続くのです。このお辞儀合戦のさなか、ユルコが隣にいた葬儀屋を振り向いて叫びました。

「どうだい、葬儀屋さん、お客の死人さんたちの健康を祝って乾杯したら」

皆げらげらと笑いましたが、葬儀屋は侮辱されたと思って顔をしかめました。そんなことに気づく者もないまま一同は飲み続け、夜の祈りの時を告げる鐘が鳴る頃になって、ようやく食卓から立ち上がったのです。

客たちが帰ったのはもう遅い時刻で、大部分は酔っぱらっていました。太ったパン屋は製本職人とともに――この男の顔はまさに「真っ赤なモロッコ革で表装された[37]本のようになっていましたが――例のユルコの腕を取って、交番まで送ってやりました。「恩は返してこそ美しい」というロシアのことわざを守ったのです。

家に帰ってきた葬儀屋は、酔って腹を立てていました。

「一体全体、どういうことだ」彼は口に出して考えました。「俺の仕事のどこが、ほかと比べて卑しいというんだ？　葬儀屋は刑吏の同類だとでもいうのか？　ドイツの異教徒どもが何を笑いやがるんだ？　葬儀屋はクリスマスの道化かよ？　俺はあいつらを引っ越し祝いに呼んで、大宴会でもてなしてやろうと思ったが、もういい、それはやめだ！　それよりも、仕事のお客を招いてやるさ、れっきとした正教徒の死人さんたちをな」

37　十八世紀の劇作家ヤーコフ・クニャジニーンの喜劇『ほら吹き』（一七八六）からの引用。

「なんですって、旦那様」主人の靴を脱がせていた下女が言いました。「なんてことをおっしゃるんです？　十字をお切りなさい！　死人たちを引っ越し祝いに呼ぶなんて！　なんて恐ろしいことを！」

「かまうもんか、呼んでやる」アドリヤンはやめません。「それも明日すぐにだ。ありがたいお客様方、どうぞ明晩のわが家の宴にお越しください。できる限りのおもてなしをいたしましょう」

そう言い放つと、葬儀屋はベッドに向かい、やがていびきをかき出しました。

外がまだ暗いうちに、アドリヤンは揺り起こされました。ちょうどこの夜更けに例の商人の後家トリューヒナが死んで、店の番頭に遣わされた急使が、知らせをもって馬でアドリヤンのもとへ駆けつけたのです。葬儀屋は駄賃の十コペイカ玉を急使にはずむと、大急ぎで服を着替え、辻馬車を捕まえてラズグリャイへと向かいました。死んだ後家の家の門前にはすでに警官が立っており、ほかにも商人たちが、ちょうど死骸のにおいを嗅ぎつけたカラスのように、あたりをうろついていました。死んだ後家はテーブルに横たわっていました。[38]肌は蠟のように黄ばんでいますが、まだ腐敗で損なわれてはいません。周囲には親族、隣人、使用人たちがひしめいています。窓はすべて開け放たれ、灯明が燃え、司祭たちが読経しています。アドリヤンはトリューヒナの甥にあたる流行のフロックコートを着た若い商人に近寄ると、棺、灯明、棺《ひつぎ》覆布《かけ》、およびその他葬儀用品一式を、即刻整えてお届けしますと告げました。この跡継ぎの商人は、上の空で礼を言うと、値段の交渉はよしましょう、全部おたくの良心にお任せします、と言いました。葬儀屋はいつも通り、余計なお代はいただきませんと神かけて誓ってみせ、番頭と意味ありげな目配せをかわすと、準備のために馬車で帰宅しました。この日は一日中、ラズグリャイとニキーツキー門の間を馬車で行ったり来たりでしたが、夕方にはすっかり片が付いたので、辻馬車を返して徒歩で家路につきました。月の明るい夜で、葬儀屋は無事ニキーツキー門まで帰り着きました。救世主昇天聖堂《ヴォズネセーニエ》のあたりで例の巡査ユルコが彼を誰何《すいか》しましたが、葬儀屋だとわかると、こんばんはとあいさつしました。もう夜も更けてきました。わが家のそばまで来た時、ふいに誰かが家の門に近寄ったかと思うと、木戸を開けて中に消えたように見えました。

38　死者を棺に納める前のロシアの慣行。

「どういうことだ?」アドリヤンは考えました。「まだ俺に用事のあるやつがいるのか? それとも、泥棒でも忍び込んだか? まさかうちのバカ娘たちのもとへ、愛人が通ってくるとか? とにかく怪しいぞ!」

そう思った葬儀屋が、大声で友人のユルコに助けを求めようとすると、まさにその瞬間、また一人誰かが木戸に近づき、中に入ろうとしたのですが、主人が駆け寄ってくるのを見ると、立ち止まって三角の帽子を脱ぎました。アドリヤンはその顔に見覚えがあるような気がしましたが、慌てていてきちんと確認するゆとりもありません。

「うちにお越しなら」と息を切らしてアドリヤンは言いました。「どうぞお入りください」

「格式張るのはよそうよ、旦那」相手はうつろな声で答えます。「さっさと先に入って、客を案内しておくれ」

アドリヤンには格式張っているような余裕はありません。木戸は開いていたので、そのまま階段に向かうと、相手も後からついてきます。自分の家の部屋という部屋を人々が歩き回っているような気配がしました。

「何がどうなっているんだ!」そう思いながら急いで中に入ってみると……彼はそ

の場で腰が抜けたようになってしまいました。部屋の中は死人でいっぱいだったのです。窓から差し込む月光が、死人たちの黄色い顔や青い顔を、落ち窪んだ口を、濁って半ば閉ざされた目を、つんと突き出た鼻を照らしています……。よく見ると、恐ろしいことに、それはすべてアドリヤンが請け負って埋葬した死人たちでした。彼と一緒に入ってきた客は、あの大雨の日に埋葬した准将です。女性も男性も含めて全員が葬儀屋のまわりに集まってきて、お辞儀をしては挨拶を述べます。ただ一人、つい最近無償で葬られた不幸者だけは、自分の着ている粗末な衣装が恥ずかしくて近寄ってこず、ひっそりと片隅に立っています。ほかの連中は皆立派な服装をしていました。女の死人は頭巾とリボンをまとい、役人の死人は制服姿で、ただし髭は剃らずに伸ばし、商人たちは晴れ着の長衣《カフタン》を着ていました。

「さて、プローホロフ君」集まった善男善女を代表して准将が言いました。「私たちは皆、君の招待に応じて甦《よみがえ》ってきたのだ。あちらに残ったのは、もはや立ち上がる力のない者、すっかり身が崩れてしまった者、および皮を失って骨だけになった者ばかりだ。いや、骨だけの者も一人、我慢できずについてきたよ。よくよく君のところに来たかったんだね……」

この瞬間、小さな骸骨が人ごみから抜け出すと、アドリヤンに近寄ってきました。頭蓋骨が葬儀屋に向かって、ニコニコほほ笑んでいます。明るい緑や赤のラシャや古びた麻布の切れ端が、体のあちこちから旗竿の小旗のように垂れ下がり、足の骨は大きな長靴の中で跳ねて、乳棒が乳鉢を擦《こす》るような音を立てています。

「わしに見覚えはないか、プローホロフ」骸骨が言いました。「退役近衛軍曹ピョートル・ペトローヴィチ・クリールキン――お前が一七九九年に初めて自前の棺桶を売った相手だ。しかもカシワと偽ってマツ材のやつを売りつけたな」

そう言うとともに死人はこちらに向かって骨ばかりの腕を広げ、抱きつこうとしましたが、アドリヤンは全力を振り絞って、金切り声をあげながら相手を突き飛ばしました。ピョートル・ペトローヴィチは一瞬よろめいてからばたりと倒れると、全身粉々に崩れてしまいました。死人たちの間に憤りの声が湧きおこりました。皆が倒れた仲間の肩を持ち、アドリヤンに詰めよって、口々に罵り、脅します。哀れな主人はその叫びに耳を聾《ろう》され、押しつぶされそうになって動転し、ついには自分も退役近衛軍曹の骨の上にどうと倒れて、気を失ってしまいました。

すでにずっと前からお日様が、葬儀屋の寝ているベッドを照らしています。ようやく目を開けてみると、目の前で下女がサモワールの火をおこそうとしているところでした。アドリヤンはいやな気分で、昨日の一部始終を思い起こしました。寡婦のトリューヒナ、例の准将、そしてクリールキン軍曹の姿が、ぼんやりと脳裏に浮かんできます。あえて黙ったまま、下女が口火を切って、昨夜の事件の顚末を告げてくれないかと待っていました。

「それにしても、ずいぶんお寝坊でしたこと、旦那様」下女のアクシーニヤは彼に部屋着を差し出しながらそう言いました。「近所の仕立て屋さんがお寄りになりましたよ。それから交番の方がお見えで、今日は聖名日[39]だとか。でも旦那さんは寝ていらっしゃいましたし、お起こししないほうがいいと思いまして」

「死んだトリューヒナ婆さんのところから誰か来たか？」

「死んだですって？　あのお婆さん、死んだんですか？」

「何をたわけたことを言っている！　昨日お前がその手で、俺があの婆さんの葬式をするのを手伝ったじゃないか」

39　洗礼名にちなむ聖人の祭日で、誕生日のように祝う。

「どうしたんですか、旦那様? ぼけなさったか、それとも昨日の酒がまだ残っているんですか? 昨日いったいどんな葬式がありましたね? 旦那さんは一日中あのドイツ人のところで宴会をして、酔っぱらって戻られて、そのままベッドに倒れこんだんですよ。そのまんま、今まで眠ってらしたんじゃないですか。もう教会の礼拝式の時間もとっくに過ぎているっていうのに」

「本当か」葬儀屋はにわかに相好を崩して言いました。

「間違いございません」下女は答えます。

「そうか、そういうことなら、すぐに茶の支度をして、娘たちを呼んでくれ」

駅長

身は一介の十四等官[40]
郵便駅では独裁者
ヴャーゼムスキー公爵[41]

駅長[42]を呪ったことのない者が、駅長と罵《のの》し《し》り合ったことのない者が、はたしているでしょうか？　怒りのあまりかっとなって、あの呪われた帳簿[43]を請求し、そこに相手の横暴、無礼、怠慢への苦情をむなしく書き連ねたことのない者が、はたしているで

40　ピョートル大帝時代に作られた官位等組表で文官の最下級にあたる地位。

しょうか?　あんな奴らは人間のクズだ、一昔前の収賄《しゅうわい》役人並み、あるいはせいぜいムーロム[44]あたりの追いはぎ並みの連中だと、思わない者がはたしているでしょうか?　しかし、公平な観点に立って、彼らの立場を考えてみれば、もしかしたらはるかに寛大な評価が出てくるかもしれません。

駅長とはいったいどんな存在でしょうか?　それは十四等官とはいえ全くの受難者で、官位はかろうじて他人の殴打から身を守るのに役立つのみ、しかもそれだっていつも成功するとは限らないのです（読者諸氏も心当たりがないか、良心に照らして考えてみてください）。では、かのヴャーゼムスキー公爵が冗談で「独裁者」と呼んだ駅長の職務は何でしょうか?　まさに本物の苦役ではないでしょうか?　昼も夜も、心休まるときはありません。退屈な馬車旅の間に積もり積もった鬱憤《うっぷん》を、旅人はそっくり駅長にぶつけます。天気に恵まれないのも、道が悪いのも、御者が強情なのも、馬が走らないのも――何もかも駅長のせいなのです。その貧しい住居につかつかと踏み込んでくるなり、旅客は駅長を敵のごとくにらみつけます。そんな面倒な客はさっさと厄介払いできればいいのですが、もしもたまたま替えの馬がなかったりしたら、さあ大変!　どんな罵詈雑言《ばりぞうごん》が、どんな脅し文句が、駅長の頭に降り注ぐことでしょう！　外が雨だろうが霙《みぞれ》だろうが、馬を求めてあちこちの百姓家を駆け回る羽目になり、嵐の中、一月の酷寒の中を、わざわざ寒い玄関口へと出ていく——激昂《げっこう》した客の罵声や殴打を一瞬なりと逃れるためにです。たまたま偉い将軍がやってくると、震え上がった駅長は最後の二台のトロイカをそっくり、急使専用のやつも含めて渡してしまう。将軍は礼も言わずに立ち去ります。しかし五分もするとまた馬鈴《ばれい》の音が響く！……そして今度は軍の急使が、彼のテーブルに駅馬券[45]を投げてよこすのです！　こうした事情をよくよく知れば、我々の胸は怒りどころか、衷心からの同情に満たさ

41　ピョートル・ヴャーゼムスキー公爵（一七九二〜一八七八）はロマン主義期の詩人・批評家。エピグラフは連作『旅の詩』（一八二五）中「駅」からの改変した引用。
42　ここでいう駅とは、鉄道や自動車以前の長距離交通手段の一つで通信業務も兼ねていた駅逓馬車や旅行馬車が馬を替え、旅人が休憩する宿駅のこと。幹線である駅逓馬街道に三十露里の間隔で置かれていた。
43　苦情申告簿のこと。
44　ムーロムはモスクワ東方オカ川岸の古い町。周辺の森林は盗賊の巣として有名だった。
45　宿駅で提供される替え馬を利用するための権利証で、目的地も記され、旅行者の身分保証も兼ねた。

れることでしょう。

さらにひと言――かくいう私はこの二十年もの間ずっと、ロシア全土を縦横に馬車でめぐってきました。駅逓《えきてい》馬車の街道はほぼすべて知り尽くし、何世代かの御者と知り合いになり、顔見知りでない駅長、関わったことのない駅長は滅多にいません。おもしろい道中見聞記もたまっているので、そのうちに出版できたらと願っていますが、現時点でひと言だけ申し上げるならば、駅長職にある者たちはおよそ世間から誤解されています。これほどまであしざまに言われている駅長たちは、本当は一般に温厚な、生来親切な人々で、協調性に富み、功名心も薄く、あまり金銭欲も強くありません。彼らの話から、おもしろいことやためになることをたくさん汲み取ることができます（なのに旅人たちは、せっかくの話を聞こうともしないのですが）。自分のことを言えば、私は公務で旅をしているどこかの六等官氏のお言葉よりは、駅長たちのおしゃべりの方を好むものです。

たやすくご推察いただける通り、私にはこの敬愛すべき駅長諸氏の中に、何人か友人がおりました。実際その一人などは、私にとても大事な思い出を残してくれたものです。ふとした事情である時知り合いになった相手ですが、まさにその人物のことを、これから読者の皆様にお話ししたいと思うのです。

一八一六年五月のこと、私は馬車旅をしていてたまたま＊＊＊県に差し掛かりました。今は廃道となった、駅逓馬車の通り道です。官位も低かった私は宿継ぎ馬の旅で、駅馬料も二頭分しか支払えません。そのせいで駅長たちに軽くみられるものですから、しばしば自分の正当な取り分とみなすものを、力ずくで奪い取らなければなりませんでした。なにせ若くて血気盛んだったので、せっかく私のために準備された三頭を、駅長がどこかの位の高い紳士の幌馬車に回してしまったりすると、その卑屈さ、小心さにかっとなったものです。おなじく、どこかの知事宅のディナーに招かれて、官位で客あしらいを変える給仕に料理を配る順番を飛ばされることにも、久しく慣れることができませんでした。今となってはそれもこれも、ごく当たり前のことに思えます。そもそも、もし仮に「上位の者を重んじよ」という一般原則の代わりに、例えば「賢き者を重んじよ」とでもいう規則を導入したら、我々はどうなることでしょう？　どんな口論がおこるかしれませんし、それに、給仕たちはいったいどんな順番で料理を配ったらよいのでしょうか？　それはさておき、そろそろ話に入ることにしましょう。

暑い日でした。＊＊＊駅まで三露里のところでパラパラッと降り出したかと思うと、一分後には車軸をながすような大雨となり、私は全身ずぶ濡れになってしまいました。駅に着くと真っ先に着替えをし、それから茶を頼みました。

「おい、ドゥーニャ！」駅長が呼ばわります。「サモワールの支度をして、それからクリームを取っておいで」

この言葉に応えて間仕切りの向こうから十四歳ばかりの娘が姿を現したかと思うと、廊下へ駆け出して行きました。娘の美しさにはっとしたものです。

「あんたの娘さんかい？」私は駅長にたずねました。

「娘ですよ」自慢の鼻をくすぐられたような顔で駅長は答えます。「なかなか賢い娘ですよ、てきぱきしていてね。死んだ母親にそっくりだ」

そう言って彼は私の駅馬券の控えを取りはじめたので、私は、慎ましいながらきちんと片づいた彼の住居を飾っている、何枚かの絵を眺めることにしました。それは例の放蕩息子の話[46]を描いたものでした。最初の絵に描かれているのは、室内帽に部屋着をまとった立派な老人が、落ち着きのない若者を家から出してやるところで、息子はせかせかと父親の祝福を受け、金の入った袋を受け取っています。次の絵にはこの青年の放蕩ぶりが、どぎついタッチで描かれています。テーブルに着いた青年を、偽りの友人仲間や破廉恥な女たちが取り巻いているシーンです。次の絵では、落ちぶれた青年がぼろ着に三角帽をかぶった姿で豚を放牧し、食事も豚と同じものを分け合っています。その顔には深い悲哀と後悔が描き込まれています。最後の絵は、青年が父の元へ戻る場面で、心温かき老人が同じ室内帽に部屋着姿で青年を迎えに駆け寄り、放蕩息子がひざまずいているところ。後景では料理人がまるまると太った仔牛を殺し、長兄が召使いに、一体何がめでたいのかと問いただしています。どの絵の下にもそれぞれ、ふさわしいドイツ語の詩文が読み取れました。ホウセンカの鉢や斑《まだら》模様のカーテンのついたベッドなど、あのとき私の周囲にあったいろいろなものと同じく、あの絵はすべて今でも記憶に残っています。五十がらみの、まだ若々しくて元気いっぱいのあの主人の姿も、色のあせた綬《リボン》に三つの徽章《きしょう》が付いた長い緑のフロックコートも、ありありと目に浮かんできます。

ここまで運んでくれた御者への支払いがまだ終わらないうちに、ドゥーニャがサモワールを持って戻ってきました。小娘なのに色気があって、二度見ただけでもう、自

46　ルカによる福音書一五章の放蕩息子の譬《たと》え話のこと。

分がこの私に与えた印象を読み取り、大きな青い目を伏せました。話しかけると、何の気おくれもなく応じるさまは、まるで世慣れた小間使いのようです。私は娘の父親にポンチ酒を一杯すすめました。ドゥーニャには茶を一杯ふるまうと、まるで昔からの知り合いのように三人で話しはじめました。

馬の用意はとっくにできているのに、この駅長父娘《おやこ》とはなかなか別れがたく、一向に腰が上がりません。しかしようやく彼らに別れを告げました。父親は道中の無事を祈ってくれ、娘は馬車まで送ってくれました。玄関へ続く廊下で私は立ち止まり、娘にキスを許してほしいと頼みました。ドゥーニャは承知してくれました……。

「このことを覚え初《そ》めし時より」――キスは何度も経験してきましたが、これほど長く、これほど甘美な思い出を残してくれたキスは、ほかに一つもありません。

何年かが過ぎ、事情があって私はまたあの古い街道の、同じ場所を訪れることになりました。ふとあの老駅長の娘を思い出して、もう一度会えると思うとうれしくてたまりません。しかし、と私は思いました、あの老駅長はもうお払い箱になったかもしれないし、おそらくドゥーニャももう嫁に行ったんじゃないか。どちらかがもう死んでいるかもしれないという思いも頭をよぎり、寂しい予感を抱きながら＊＊＊駅へと向かいました。

馬車は小さな駅舎のすぐわきに止まりました。部屋に入っていくと、すぐに私はあの放蕩息子の話を描いた絵を認めました。テーブルもベッドも元の場所にありましたが、窓辺にはもはや花はなく、あたり全体がなにか古ぼけて手入れが行き届いていない感じです。駅長は羊皮《ひつじがわ》の外套を掛けて寝ていました。私の来訪で目を覚まし、身を起こします……。それはまさしくあのサムソン・ヴィリンでしたが、しかしなんと老け込んでしまったことでしょうか！　相手が私の駅馬券の控えを取ろうとしている間、その白くなった髪を、久しく剃刀《かみそり》を当てていない顔に刻まれた深いしわを、曲がってしまった背中をじっと観察しながら、私は、どうしてあの元気な男性が、ほんの三、四年の間にこんなよぼよぼの老人になってしまったのかと、心底驚いていました。

「俺を覚えているかい？」私は彼にたずねました。「あんたとは昔馴染みだよ」

「でしょうな」相手は不愛想に答えます。「何せ大きな街道で、いろんなお客が出入りしてきたからね」

「娘のドゥーニャさんは元気かい？」さらにたずねてみました。

老人は顔をしかめます。

「さあ、どうしているやら」彼は答えました。

「というと、さてはお嫁に行ったんだね？」私は言いました。

老人は質問が聞こえなかったふりをして、小声で私の駅馬券を読み上げ続けます。仕方なく質問を打ち切って、茶を淹《い》れてくれと注文しましたが、好奇心が募ってきてどうにも落ちつきません。そこで、ポンチ酒でも飲めば旧知の老人の舌もほどけるだろうと思いつきました。

案の定、老人はすすめられたグラスを断りはしませんでした。ポンチ酒に混ざったラムが彼のふさいだ気分を晴らすのが見てとれます。二杯目を飲む頃には、すっかりおしゃべりになっていました。相手が私を思い出したのか、それとも思い出したふりをしていたのかは分かりませんが、私は彼から一つの物語を聞き出し、それに深い興味を覚え、また心を揺さぶられたのでした。

「じゃあ、お客さん、うちのドゥーニャを知っていなさったんだね？」彼は話しはじめました。「まあ、あの娘《こ》を知らない奴なんていますかね？　ああ、ドゥーニャ、ドゥーニャ！　なんていい娘だったことか！　来る客来る客、みんなあの娘を褒めて、けなす者なんか一人もいなかった。ご婦人方は、やれハンカチだのイヤリングだのと、あの娘にプレゼントしてくださる。旦那方の方は、わざわざここに腰を据えて昼食やら夜食やらを注文なさるんだが、なに、それはただの口実で、本音は少しでも長くあの娘の顔を見ていたいだけさ。どんなにぷりぷり腹を立てた旦那でも、あの子の前では機嫌を直して、こっちにもやさしい口をきいてくれたもんですよ。信じられますか、お客さん、あの急使とか軍使とかいう急ぎの客でさえ、あの娘相手に半時間も油を売っていくんですよ。あの娘でこの家はもっていたんですよ。片付けでも料理でも、何でも手際よくこなしてくれてね。いや、愚かなおいぼれのこの私も、あの娘のことはいくら見ても見飽きない、本当に、目の中に入れても痛くないほどでした。それでもこちらの愛し方が足りなかった、かわいがり方が足りなかったというんでしょうか？　あの娘にはここの暮らしが辛かったとでもいうんでしょうか？　いやはや、災難からは逃げられない、決まった運命は避けて通れないもんですな」

こうして老人は私を相手に、身の不幸を事細かに語り出したのでした。三年前のある冬の晩のこと、駅長が新しい帳簿に線を引き、娘が間仕切りの向こうで自分の服を縫っているところへ、一台のトロイカが乗り付けたかと思うと、チェルケス帽[47]に軍人外套、ショールで身をくるんだ姿の客が部屋に入ってきて、替え馬を要求しました。馬は全部出払っています。それを聞くと旅人は声を荒《あら》らげ、革鞭《かわむち》を振りかざそうとしましたが、そういう場面に馴れたドゥーニャがすかさず間仕切りのかげから飛び出していって、愛想のいい声で「何か召し上がりませんか?」と客にたずねました。ドゥーニャの出現は、いつも通り効果てきめんでした。客の怒りはすっと消え、馬を待つのを承知して、夜食を注文したのです。雪まみれの毛足の長い帽子を脱ぎ、ショールを解いて外套を脱ぎ去ると、客は黒い短い口ひげの、まだ若い、すらりとした軽騎兵隊将校でした。駅長のすぐそばに陣取ると、駅長と娘を相手に、愉快そうに話し出します。夜食が出されました。そうしているうちに馬が戻ってきたので、駅長は即座に、餌も後回しにして、馬を客の幌橇に付けるように命じました。しかし、戻ってみると、客の青年はほとんど気を失った状態で長いすの上に伸びています。気分が悪くなり、頭痛が激しくて、とても旅を続けられる状態ではありません……。仕方なく、駅長は客に自分のベッドを譲り、もしも病気が回復しなかったら、翌朝にS町まで医者を呼びにやろうということになりました。

次の日になると将校の容体は悪化していました。彼の従僕が騎馬で町まで医者を迎えに行きます。ドゥーニャは酢を含ませたハンカチを病人の頭に巻いてやり、自分は縫物を手にその枕元に座りました。駅長がそばにいる間、病人はうめくばかりで一言も口をききませんでしたが、コーヒーは二杯も飲み干し、うめきながらも昼食を注文したのです。ドゥーニャは彼のそばを離れようとはしませんでした。病人がひっきりなしに飲み物をほしがるので、ドゥーニャはそのたびに、お手製のレモネードを入れたカップを口のところへもっていってやります。病人はちょっと唇をつけてはカップを返しますが、そのたびに感謝のしるしに、力ない手でドゥーニャの手を握るのでした。昼食時に医者がやってきました。医者は病人の脈を取り、ドイツ語で二言三言会話すると、今度はロシア語で、患者に必要なのは安静にしていることだけで、二日もすればまた旅ができるようになるだろう、と告げました。将校は医者に往診代として二十五ルーブリ払うと、相手を昼食に招待しました。医者は承知しました。二人ともモリモリと食べ、ワインも一本飲み干して、お互いに大満足で別れたものです。

47　チェルケス人（自称アディゲ）などコーカサスの山岳民族が愛用する円筒型の毛皮帽。ロシアの軍人の間でもはやった。

さらに一日経つと、将校はすっかり元気になっていました。ひどく上機嫌で、ドゥーニャを相手に、また駅長を相手に、ひっきりなしに冗談口をたたいています。口笛で曲を奏でるわ、旅客たちと話を交わすわ、客の駅馬券を駅逓簿に書き写すわの大活躍。人のいい駅長はそんな彼がすっかり気に入ってしまって、三日目の朝にはこの愛すべき泊まり客と別れがたい気がするほどでした。その日は日曜で、ドゥーニャは教会の礼拝式に出かけるつもりでした。将校の幌橇の支度ができました。駅長に別れを告げる際に、彼は宿泊代と食事代をたっぷりと支払いました。そしてドゥーニャとお別れをするついでに、村はずれにある教会まで送ってやろうと申し出ました。ドゥーニャは戸惑って立ちすくんでいます……。

「何を怖がっているんだね」父親が声をかけました。「将校さんは狼じゃあるまいし、お前を取って食いはしないよ。教会まで乗せてってもらいな」

ドゥーニャが幌橇の将校の横に腰掛け、従僕が御者台に飛び乗ると、御者がヒューと口笛を吹き、馬たちが駆け出しました。

どうして自分がしゃしゃり出て、可愛いドゥーニャが軽騎兵隊の将校と一緒に行くのを許してしまったのか、一体何に目をくらまされたのか、あのとき自分の頭はどうなっていたのか――哀れな駅長には納得がいきませんでした。半時間もしないうちに胸のあたりが妙にうずき出し、心配のあまりいても立ってもいられなくなった彼は、自分で礼拝式に出かけることにしました。教会に着いてみると、すでに会衆は散りはじめていましたが、ドゥーニャの姿は構内にも入り口階段にも見えません。急いで建物の中に入ってみると、司祭が至聖所《しせいじょ》から出てくるところで、堂守《どうもり》がろうそくを消して回り、老婆が二人、まだ片隅で祈りをあげていました。しかしドゥーニャは教会の中にもいません。哀れな父親は勇を鼓して堂守に、うちの娘は礼拝式に来ていたかとたずねました。堂守は来ていないと答えました。駅長は生きた心地もなく家路につきました。彼に残された希望は一つだけ――もしかしたらドゥーニャは若い娘の気まぐれで、ふと思い立って、自分の洗礼母が住んでいる隣の宿駅まで馬車で行ったのではないかということです。心配のあまりいても立ってもいられぬ気持ちで、彼は娘を乗せて送り出したトロイカの帰りを待ちました。御者はなかなか戻りません。夕刻になってようやく一人きりで酔っ払って帰ってきたかと思うと、御者は恐ろしい知らせを告げました。

「ドゥーニャは次の宿駅から、将校さんに連れられて先へ行った」というのです。

老人はわが身の不幸に耐え切れず、そのまま、昨晩まであの食わせ者の若造が寝ていたベッドに寝込んでしまいました。今改めてあれこれ考え併《あわ》せてみると、青年の病気自体が仮病だったのだと思い当たります。哀れな老人は高熱を発してS町へ運ばれ、後には臨時の代役が任命されました。老人の治療にあたったのは、あの軽騎兵を往診したのと同じ医者でした。医者が駅長に証言したところでは、あの青年は完全な健康体だったそうで、自分はあの場ですぐに青年の悪だくみに気が付いたのだが、相手の革鞭が怖くて黙っていたとのこと。ドイツ人の医者が真実を語っていたのか、それともただ先見の明を自慢したかっただけなのかは別にして、医者の言葉は哀れな病人にとって何の慰めにもなりませんでした。病気が癒えるや否や、駅長はS町の駅逓局長に願い出て二か月の休暇をもらい、誰にも自分の目的を告げぬまま、徒歩で娘探しの旅に出たのでした。駅馬券から、ミンスキーという名のあの騎兵大尉が、スモレンスク[48]からペテルブルグへ行くところだったのは分かっていました。運んだ御者の話では、ドゥーニャは道中ずっと泣いていたが、とはいえ、どうやら自分の意志で行こうとしているようだったとのこと。

「なあに」と駅長は思いました「うちの迷える子羊を連れ戻してやるさ」

そんな思いを抱いてペテルブルグに着いた彼は、イズマイロフスキー連隊区[49]にある、昔同僚だった退役下士官の住居に転がり込んで、捜索を開始しました。やがて分かったところでは、ミンスキー騎兵大尉はペテルブルグにいて、デムート館[50]に滞在しているとのこと。駅長は会いに行こうと決めました。

翌朝早く駅長はミンスキーの住まいの玄関を訪れ、閣下に老兵が面会を乞うている旨、お取次ぎいただきたいと頼みました。靴型にブーツをかぶせて磨いていた従卒は、主人は睡眠中で、十一時前には誰とも面会なさらないと告げました。駅長は辞去して、指定された時間に戻ってきます。ミンスキー本人が面会に応じましたが、部屋着に赤い室内帽というくだけた恰好でした。

「さて、何の御用ですかな？」とミンスキーは聞きました。

48 ドニエプル川上流の古都。軍事的・文化的な要衝の地で、十七世紀初めのロシア・ポーランド戦争、一八一二年の対ナポレオン戦争などで、激しい戦闘の舞台となった。

49 ペテルブルグ郊外の地区。同名連隊の兵舎があり、将校の家族や退役軍人も住んでいた。

50 ネフスキー大通りの近くにあった旅館。部屋に多数の等級があり、貧富さまざまな旅人を受け入れていた。

老人は胸が張り裂けそうになり、目には涙が溢れ出て、震える声で次のように言うのがやっとでした。

「将校殿！……どうかお慈悲でございます！……」

客の顔をちらりと見た途端、ミンスキーは顔を真っ赤に染め、相手の手を取って書斎に案内すると、後ろ手に鍵を掛けました。

「将校殿！」老人はつづけます。「失せた荷は戻らぬものとあきらめもしますが、せめて、あの哀れなドゥーニャを私にお返しください。もうお慰みになったことでしょう。あの娘をいたずらに破滅させないでください」

「覆水盆に返らずというからな」ひどくまごついた様子で、青年は言いました。「お前には悪いと思っているし、喜んで許しを請おう。だが、いいか、俺はドゥーニャを手放しはしない。あいつは幸せにする、これはお前に誓おう。お前に返してどうなるというんだ？　あいつは俺を愛している。もう昔の境遇には戻れない。お前にしてもあいつにしても、起きてしまったことを忘れるわけにはいかないだろう」

こう言って、何かを客の袖口に差し込むようにして渡し、玄関を開け放ちます。そして駅長は、気が付かぬうちに外に出ていました。

長いことじっと立ち尽くしていた老人は、やがて自分の袖の折り返しのところに畳んだ紙束が入っているのに気付きました。抜き取って開いてみると、何枚かのしわくちゃになった五十ルーブリ札や百ルーブリ札です。またもや目に涙が湧いてきましたが、今度のは怒りの涙でした！　老人は札を丸めて地面に投げ捨てると、靴のかかとで踏みつけ、そして歩き出しました……。何歩か行ったところで立ち止まり、ちょっと考え込んで……それから元に戻りましたが……すでに札はありません。いい身なりをした若い男が一人、彼の姿を見ると辻馬車に駆け寄り、急いで乗り込んで「出せ！」と叫びました。駅長は後を追おうとはしませんでした。自分の駅に戻ろうと決心しましたが、ただその前に一目、かわいそうなドゥーニャの姿を見たいと思いました。そのために彼は二日ほどしてミンスキーの住まいを再訪しました。しかし従卒は声を荒らげて、旦那様は誰とも面会なさらないとはねつけ、胸で押し出すようにして玄関から追い払うと、彼の鼻先でドアをぴしゃりと閉めてしまいました。駅長はじっと立ち尽くしていましたが、やがてその場を立ち去りました。

同じ日の晩、駅長は「すべての悩める者」のイコン[51]にお参りした後で、リテイナヤ通りを歩いていました。すると突然、目の前をしゃれた一頭立ての馬車が駆け抜け、駅長はその車上にミンスキーの姿を認めました。馬車はある三階建ての建物の前、ちょうど馬車寄せのところで止まり、ミンスキーが玄関階段を駆け上っていきます。駅長の頭によい考えがひらめきました。取って返して御者の脇まで行くと、話しかけました。

「ちょっとたずねるが、これは誰の馬だね。ミンスキーさんのじゃないかい？」

「確かにそうだが」御者は答えます。「それがどうしたね？」

「実はね、あんたの旦那から、ドゥーニャさんという人のところに手紙を届けるように仰せつかったんだが、うっかりそのドゥーニャさんの住まいを忘れちまってね」

「それならここだ。この二階だよ。でもあんた、いまさら届けても手遅れだよ。もうご本人が来ちまっているからな」

「なにかまわないさ」駅長は何とも言えぬ胸の高鳴りを覚えながら言い返しました。「せっかくのご忠告だが、一応頼まれたことはやっちまわないとな」

そう言って彼は階段を上っていきました。

ドアが閉ざされていたので呼び鈴を鳴らします。切ない期待のうちに何秒かが過ぎました。鍵を回す大きな音がして、目の前のドアが開きました。

「アヴドーチヤ・サムソーノヴナさんのお住まいはこちらで？」彼はたずねました。

「そうですけど」若い下女が答えます。「奥様にどんなご用事ですか？」

駅長は答えもせずに広間に入っていきます。

「いけません、困ります！」後ろから下女が叫びました。「奥様は今ご来客中です」

しかし駅長は耳を貸さず、どんどん奥へと入っていきました。手前の二つの部屋は暗いままでしたが、三つめの部屋には明かりがともっています。開いたままのドアに歩み寄ると、駅長は立ち止まりました。きれいに飾り付けられた部屋の中に、ミンスキーが考え込んだ様子で座っています。その椅子の肘かけのところに、贅沢な流行の衣装をまとったドゥーニャが、まるでイギリス製の鞍に乗る女騎手のような恰好で、ちょこんと腰かけていました。彼女は優しげな眼でミンスキーを見つめながら、つやつやした指で彼の黒い巻き毛をもてあそんでいます。なんと哀れな駅長でしょう！わが娘がこれまでのどんな時よりも美しく見えて、彼は思わず見とれてしまったので

51　正確には「すべての悩める者の喜びの聖母」のイコン。モスクワからペテルブルグにもたらされた同名の奇跡のイコンを奉った聖堂が、リテイナヤ通りの近くにあった。

した。

「そこにいるのは誰？」うつむいたまま、ドゥーニャはたずねました。駅長はじっと黙ったままです。返事がないので、ドゥーニャは顔を上げ……そして悲鳴を上げて絨毯の上に倒れました。驚いたミンスキーは彼女を助け起こそうと駆け寄りましたが、ふと扉口《とびらぐち》に立っている年老いた駅長に気付くと、ドゥーニャを置いたまま、怒りに身を震わせて歩み寄ってきました。

「貴様、何の用だ？」食いしばった歯の間から押し出すようにして、彼は言いました。「なぜ盗人みたいにこそこそ人のあとを付け回すんだ？　俺を斬り殺そうとでもいうのか？　失せろ！」

そう言って、たくましい手で老人の襟首をつかむと、階段から突き落とすように追い払ったのでした。

老人は自分の宿へ戻りました。友人は告訴するように勧めましたが、老人はちょっと考えてから片手を振って、身を引こうと決心しました。そうして二日後にペテルブルグを発ち、自分の駅へと戻って来ると、再び元の仕事をはじめたのです。

「もう二年以上になりますよ」と彼は締めくくりに言いました。「こうしてドゥーニャなしで暮らして、あの娘のことを風のたよりにも聞かなくなってからね。生きているやら死んでいるやら、神様だけがご存じだ。まったく、人生何があるか分からんもんですな。なに、あの娘に限ったことじゃない。みんな通りがかりの女たらしがかどわかしていって、ちょっと手元に置いただけで、ぽいと捨てちまうんだ。まったくペテルブルグにはそういう若いバカ娘たちがいっぱいいてね、今日は繻子《しゅす》だのビロードだのでめかしこんでいるかと思うと、明日はもう、酒場の物乞いと一緒に町の掃き掃除をさせられている始末です。時々ふっと、ドゥーニャのやつもひょっとしたらそんな風に身を持ち崩しているんじゃないかと思うとね、罪なことですが、いっそ死んでいてくれたらと願う気にもなるんですよ……」

以上がわが友人の老駅長の物語です。彼の話は何度も涙によって中断されましたが、そのたびに駅長は、ちょうどあのドミートリエフのすばらしい物語詩《バラード》に出てくる律儀者のテレンチイチ[52]みたいに、服の裾を持ち上げては絵に描いたような仕草で目を拭う

52　センチメンタリズム期の詩人イワン・ドミートリエフ（一七六〇〜一八三七）の物語詩「カリカチュア」（一七九一）に登場する年老いた召使い。

のでした。この涙は、幾分かはポンチ酒の酔いに誘われたもので、老人は昔語りをしながら、この酒を五杯もあおったのです。しかしいずれにせよ、老人の涙に私は強く胸を打たれました。辞去した後も、私は長いことこの老駅長のことが忘れられず、長いこと哀れなドゥーニャの身の上を思っていたものです……。

つい先頃のこと、＊＊を通りかかった際に、私はふとこの友人を思い出しました。「あの老駅長は生きているか」とたずねてみましたが、誰一人満足のいく答えができる者はいません。ではあのなじみの土地を訪れてみようと決めて、自営の馬車を雇い、N村へと出かけました。

季節は秋。灰色っぽい雲が空を覆い、冷たい風が刈り入れのすんだ畑を渡ってきて、木々に吹き付けては赤や黄色の葉を運び去っていきます。私が村に着いたのはもう日が落ちる頃で、かつて宿駅だった小さな家のそばに馬車を止めました。玄関から見える廊下（かつてあの哀れなドゥーニャが私にキスをしてくれた場所です）に太った女が出てきて、私の問いに答えたところによると、あの年寄りの駅長は一年前に死んでおり、その家にビール醸造人が入居していて、自分はその妻だとのこと。私としては、せっかくはるばる来たのが無駄足になったのも悔しければ、無駄に払った七ルーブリの馬車代も惜しい気持ちになりました。

「なんで死んだんだね？」醸造人の妻にたずねました。

「飲み過ぎですよ、お客さん」相手は答えます。

「墓はどこに？」

「村はずれの、先に死んだ奥さんの隣です」

「その墓まで案内してはもらえないかね？」

「お安いご用ですよ。ちょっと、ワーニカ！　猫をからかうのはいい加減にしな。この旦那さんをお墓までお連れして、駅長さんのお墓を教えてさし上げるんだよ」

この言葉を聞くと、赤毛で片目のつぶれた、ぼろ着姿の少年が駆けだしてきて、すぐさま先に立って村はずれめがけて歩き出しました。

「死んだ駅長のことは知っていたのか？」道々少年にたずねてみました。

「もちろんだよ！　あのおじいさん、蘆笛《あしぶえ》の作り方を教えてくれたんだ。あのおじいさんがね（天国にやすらわせ給え！）酒場から出てくると、よく僕たちもついて歩いたものさ。『おじいさん、おじいさん、胡桃《くるみ》をおくれよ！』というと、皆に分けてくれるんだ。いつも僕たちと遊んでくれたよ」

「旅の人があの駅長の話をすることは？」

「この頃は旅の人をあんまり見ないからね。寄っていくのはお役人《ザセダーチェリ》くらいだけど、お役人は死んだ人のことなんてかまっちゃいないからね。そうだ、夏にどこかの奥さんが来たっけ。そうして、あの駅長のおじいさんのことをたずねて、お墓まで歩いて行ったんだ」

「どんな奥さんだった？」私は興味を惹かれてたずねました。

「すごくきれいな人さ」少年は答えます。「馬を六頭も付けた箱馬車に乗って、連れは小さな子供が三人と乳母と、それから黒の狆《ちん》が一匹。駅長のおじいさんが死んだと聞くと、奥さんは泣き出して、それから子供たちに向かって『おとなしくしているのよ、私はお墓に行ってきますからね』と言った。僕が送ってあげようとすると、奥さんは『道は自分でわかるわ』って言ったんだ。そうして僕に五コペイカ銀貨をくれたっけ。優しい奥さんだったなあ！……」

私たちは墓地に着きました。それは何の囲いもないむき出しの土地で、木の十字架が立ち並ぶばかり。影を落とす一本の樹木も生えていません。生まれてこの方、あれほど侘《わび》しい墓地を見たことはありませんでした。

「ほら、これが駅長のおじいさんの墓だよ」砂まんじゅうの上にぴょんと飛び乗って、少年は言いました。そこには銅製のイコンが付いた黒い十字架が立っていました。

「その奥さんもここに来たんだね？」私はたずねました。

「来たよ」ワーニカは答えます。「僕は遠くから見ていたんだ。奥さんはここに突っ伏して、いつまでも起き上がらなかったよ。それからまた歩いて村に戻ると、司祭さんを呼んで金を渡して、そうして馬車で帰っていったんだ。僕には五コペイカ銀貨をくれてね。すばらしい奥さんだったよ！」

私も少年に五コペイカ玉を与えました。そしてもはやこの寄り道のことも、それに使った七ルーブリのことも、惜しいとは思いませんでした。

百姓令嬢

ドゥーシェニカ、お前はどんな衣装を着ても美しい

ボグダノーヴィチ[53]

わが国の遠い地方のある県に、イワン・ペトローヴィチ・ベレストフの領地がありました。若いころこの人物は近衛《このえ》部隊に勤めていましたが、一七九七年の初めに退役して自分の村に戻ってきてから、ずっとこの地を離れたことがありません。貧しい地主貴族出の奥方がいましたが、主人が離れた領地に狩りに行っている間に、お産の床で亡くなってしまいました。やがてこの人物は領地経営の実務に慰めを見出すようになりました。自分で設計して家を建て、領地にラシャ工場を作って収入を三倍にも増

やすという風で、自ら近隣で一番の知恵者と認めるようになり、隣人たちもあえてこれに異を唱えることなく、家族を連れ、犬を連れて、彼のもとに客に通っていたのです。平日は綿ビロードの上着、祭日には自家製のラシャで作ったフロックコートを着用し、自ら家計簿をつけて、読むものといえばお堅い『元老院通報《げんろういんつうほう》』ばかり。高慢なやつだと思われながら、概して皆から愛されていました。

ただ一人、彼と相性が良くなかったのが、ごく近くに居住するグリゴーリー・イワーノヴィチ・ムーロムスキー。これこそ正真正銘のロシアの地主旦那という人物です。モスクワで財産をあらかた使い果たし、ついでに妻も失って寡《やもめ》となり、最後に残った自分の村に引っこんだのですが、ここでもまたひょうきんぶりを、ただしもはや別の方面で発揮しているという次第。英国式の庭園を造って、それに残った収入をほとんど全部つぎ込んでいます。自分のところの馬丁《ばてい》にイギリスのジョッキーの身な

53　イッポリート・ボグダノーヴィチ（一七四三〜一八〇三）はウクライナ出身のロシア語詩人。エピグラフはギリシャ神話を題材に美しい娘ドゥーシェニカ（プシューケー）とアムール（クピードー）の数奇な結婚を描いた物語詩『ドゥーシェニカ』（一七八三）より。

りをさせ、一人娘にはイギリス女性の家庭教師をつけました。畑作にもイギリス式の輪作農法を取り入れましたが、

外国式のやり方じゃ、ロシアの麦は生えやせぬ[54]

という通りで、確かに支出は目に見えて減ったものの、収入は一向に増えぬまま。それで、田舎にいながらも、あれこれ手だてを見つけては、新しい借金をこしらえていました。それでもなかなか賢い人物とみなされていましたが、それはこの県の地主の中で、後見会議院[55]に土地を抵当に入れることを一番先に思い立ったのが彼だったからです。これは当時、極めて手間のかかる、しかもリスクの高い金策法と思われていたものです。

彼を批判する人間のうちでは、ベレストフが誰よりも辛口でした。新風を嫌うということこそが、この人物の気質の特徴だったからです。隣人の英国かぶれに話が及ぶとついつい熱くなって、何かにつけてはチクチク批判していました。例えば客に自分の領地を見せて回って、経営管理の手腕を褒められたときなど、小ずるそうな薄笑い

を浮かべてこう言うのです。

「そうですな！　うちは近所のムーロムスキーさんのところとは違いますから。わざわざイギリス式でやって破産するなんてご苦労なこった！　ロシア式でやれば、そこそこ食っていけるのにね」

こういった類の軽口を、近隣の者たちはせっせと当のムーロムスキーに伝えます。しかも尾ひれをつけて、解説付きで伝えるのです。英国かぶれの隣人は、わが国のジャーナリスト一般と同じく、批判をおおらかにやり過ごすことができません。それでかんかんになって、自分を酷評した相手を、熊野郎だの田舎者だのと罵り倒すことになるのです。

二人の地主がこんなぎくしゃくした関係でいたところへ、ベレストフの一人息子が

54　アレクサンドル・シャホフスコイ（一七七七〜一八四六）がモリエール賛歌の体裁でロシア貴族の外国かぶれを皮肉った風刺詩『モリエール！　君の才能はこの世に較ぶものなし』（一八〇七）の引用。

55　エカテリーナ二世時代の一七六三年にできた組織で、孤児の養育、寡婦の生活保障、女性教育、職業教育などを管轄していたが、土地や農奴を担保に地主への融資も行った。

帰郷してきました。息子は＊＊＊大学で学んだあと軍に勤める気でいたのですが、父親はこれに反対していました。青年のほうは、文官職は自分には全く向かないと思い込んでいます。父子は互いに譲らず、というわけで、息子のアレクセイはとりあえず地主暮らしをはじめることにしたのですが、ただし念のために軍人風の口ひげだけは蓄えていたのです。[56]

実際アレクセイはたくましい青年でした。確かに、もしもせっかくの均整の取れた体軀が軍服をまといもせず、さっそうと馬にまたがる代わりに、あたら若い盛りを役所の書類に埋もれて過ごすことになったとしたら、いかにももったいないことだったでしょう。狩りに出ればいつも先頭に立って、道を選ばずに馬を進めるその姿を見て、隣人たちは異口同音に、これはどう転んでもお役所のやり手課長なんかに収まる器ではないと言ったものです。土地の令嬢たちもちらちらとこの青年を盗み見て、中にはうっとりと見とれる者もいたのですが、アレクセイはほとんど相手にしません。女性たちはそんな無反応ぶりを見て、どこかにもう恋人がいるのだと解釈しました。実際、彼の出した手紙の宛先をメモした書付が令嬢たちの手から手へと渡っていたのですが、そこには

「モスクワ市聖アレクセイ修道院前
　銅細工師サヴェリエフ様方
　アクリーナ・ペトローヴナ・クーロチキナ様
　（本状をA・N・R様にお届けくださるよう謹んでお願い申し上げます）」

と書かれていたのです。

読者の中で田舎暮らしをしたことがない方々には、こうした田舎の令嬢たちがいかに素晴らしい存在か、想像もできないでしょう！　きれいな空気に包まれて、庭のリンゴの木陰で育った彼女たちは、世間のことも人生のことも、ひたすら書物を通じて知るのです。孤独、自由、読書のおかげで、彼女たちはごく若くして、気晴らしの多い都会の美女たちが知ることのない感情と情熱を培っています。そうした令嬢にとっては、馬鈴《ばれい》の音を聞くだけですでにわくわくするような大冒険、最寄りの町に出かけるのが生涯の画期的出来事で、客の来訪などは長く、時には永遠に思い出として残る

56　近代ロシアでは身分や職業によってひげを生やす権利が制限されていたが、一八二〇年の法令で軍の将校は口ひげをはやすことが認められていた。

のです。もちろんどなたにせよ、彼女たちのある種の奇妙な振る舞いをお笑いになるのはご自由ですが、しかしうわべだけ見てからかったところで、彼女たちの本質的な長所が消えてなくなるわけではありません。とりわけ大事なのは、性格の独自性であり個性（アンディヴィジュアリテ）、すなわちかのジャン＝パウル[57]が、それなくしては人間の偉大さは存在しないと言った要素なのです。大都会では、女性たちの教育レベルこそ、もしかしたら優っているかもしれませんが、しかし世間知が付くとすぐに性格が均《なら》されてしまい、女性たちの心も、ちょうど彼女たちの帽子のように、皆同じで見分けのつかないものと化していくのです。もっともこれは決して断罪のつもりでも非難のつもりでもないのですが、ともかく、古《いにしえ》の注釈者が用いた言葉を借りて、「わが注記は失効せず《ノタ・ノストラ・マネト》」と申し上げておきます。

　アレクセイがこうした田舎の令嬢たちの間にどのような印象をもたらすことになったかは、簡単に想像できるでしょう。はじめて彼女たちの前に現れた時の彼は、陰気な幻滅しきった様子で、開口一番、失われてしまった喜びの数々と、萎《しお》れてしまった青春について語ったものでした。おまけに髑髏《どくろ》をあしらった黒い指輪[58]をはめていたのです。なにもかもが、この県では全く珍しいことばかり。令嬢たちは彼にすっかりのぼせ上がってしまいました。

しかし誰よりも関心を持ったのは、例の英国かぶれの地主の娘リーザでした（ただし父親は平素娘をイギリス風にベッツィーと呼んでいました）[59]。父親同士に付き合いがないので、リーザはまだアレクセイを見たこともなかったのに、近所の若い女友達ときたら、誰も彼もアレクセイの噂で持ち切りなのです。リーザは十七歳、浅黒い肌のとても感じのいい顔に、黒い瞳が生き生きとした表情を与えています。一人っ子のせいで、甘やかされて育ちました。お転婆でしょっちゅういたずらばかりしている娘

57　本名ヨハン・パウル・フリードリヒ・リヒター（一七六三～一八二五）。ドイツの作家。個性や主観性の評価は『美学入門』（一八〇四）などにうかがえる。

58　髑髏のしるしは古今の多用な文脈で登場するが、本書の読書ガイドでも触れるように、作者プーシキンが一定のかかわりを持っていたフリーメイソンとの関連性を読み取ることも可能である。同じ時代を描いたトルストイの『戦争と平和』（第2部第2編）で主人公ピエールをフリーメイソンに誘うバズデーエフ老人も、髑髏と骨で構成された「アダムの首」をあしらった大きな鋳鉄の指輪をはめている。

59　リーザの正式名はエリザヴェータ（リザヴェータ）。英語名のエリザベスに当たるので、英語式愛称はベッツィーとなる。

が、父親にはかわいくてたまらぬ様子でしたが、家庭教師のミス・ジャクソンには頭痛の種でした。これは四十がらみのお堅い未婚女性で、おしろいを塗って眉墨をつけ、年に二回ずつ『パミラ』[60]のおさらい読みをすることで二千ルーブリの年俸をもらいながら、この野蛮なロシアでの暮らしに、退屈のあまり死にそうになっているのでした。

リーザのお世話係はナースチャといって、女主人よりも年は上でしたが、同じようにお転婆ざかりの娘でした。リーザは彼女が大のお気に入りで、自分の秘密をなんでも打ち明け、何か企みがあれば一緒に計画を立てます。つまりこのプリルーチノ村におけるナースチャは、フランス悲劇に登場するどんなヒロインの腹心役と比べても、はるかに重要な存在だったのです。

「今日はお客に呼ばれたので行かせてください」ある日ナースチャはお嬢様の着替えを手伝いながら言いました。

「いいわ、でもどこに行くの？」

「トゥギーロヴォ村の、ベレストフ家です。料理人の奥さんの聖名日で、昨晩私どものところにお食事の招待が来たんです」

「あら！」リーザは言いました。「主人同士は喧嘩していても、召使いたちはもてなし合うのね」

「ご主人たちの仲なんて、私たちにどんな関係があるでしょう！」ナースチャが言い返します。「それに、私はお嬢様の小間使いで、お父様のじゃありませんわ。お嬢様はまだベレストフさんの若旦那様と喧嘩するような仲になっていらっしゃいませんからね。お年を召した方々は、勝手に気が済むまで喧嘩させておけばいいんですよ」

「いいこと、ナースチャ、なんとかして息子のアレクセイさんにお会いして、後で詳しく話してね。どんなお顔をしているのか、どんな方なのか」

ナースチャは約束し、リーザは一日中、彼女の帰りを待ちわびていました。晩になってナースチャが戻りました。

「さあて、お嬢様」部屋に入ってくるとナースチャは言いました。「ベレストフの若旦那様にお目にかかって、たっぷり観察してきましたよ。一日中一緒だったんですから」

「なんですって？　話して、ちゃんと話すのよ」

60　イギリスの作家サミュエル・リチャードソン（一六八九〜一七六一）の小説（一七四〇）。賢い召使いが主人の浮気息子を訓導して正式な妻におさまるという、教訓を含む物語。

「承知しました。まず伺ったメンバーは、私、アニーシャ・エゴーロヴナさま、ネニーラ、ドゥーニカ……」

「分かったわ。それで？」

「待ってください、全部順番にお話ししますから。私たちが着いたら、ちょうどお食事が始まるところでした。部屋は人でいっぱい。コルビノ村からのお客、ザハリエヴォ村からのお客、管理人の奥さんと娘さんたち、フルピノ村からのお客……」

「たくさんよ！　で、ベレストフさんは？」

「お待ちください。まず皆でテーブルに着きました。管理人の奥さんが一番上席で、私がその隣……娘さんたちがむくれていましたが、あんな子たちなんか構ったことじゃありませんから……」

「ああ、ナースチャ、なんでそんなつまらないことをくどくどしゃべってるの！」

「あら、お嬢様こそずいぶんせっかちでいらっしゃいますわね！　さて、お食事が終わってテーブルを離れました……そうそう、三時間もテーブルについていたんですよ、大変なごちそうで。デザートのブラマンジェも、青いの、赤いの、縞々のとあって……とにかくテーブルを離れて、鬼ごっこでもしようかと庭に出ました。するとそこへ若旦那様が現れたのです」

「で、どうだった？　美男だって言うけれど、本当？」

「びっくりするほどすてき、間違いなく美男子ですわ。すらりと背が高くて、頬も血色がよくって……」

「本当？　私はまた、青ざめたお顔をしているのかと思ったわ。それでどう？　あなたはどんな印象を受けたの？　寂しそうだったとか、ふさぎ込んでいるようだとか？」

「まさか。あんなやんちゃな方を見るのは、生まれて初めてですわ。私たちに混じって、鬼ごっこをしたいなんて言い出すんですから」

「あんたたちと鬼ごっこですって！　そんなはずがないでしょう！」

「大ありですとも！　おまけに、とんでもないことを思いつかれて！　捕まえた者にはキスをするんですって！」

「勝手にしなさい、ナースチャ、嘘ばっかり言って」

「お嬢様こそご勝手に、嘘じゃありませんから。私は必死であの方から逃げたくらいですからね。そんな風にして昼の間ずっと私たちと一緒にいらしたんですよ」

「でも噂では、あの方には恋人がいて、誰にも目もくれないというじゃないの」

「さあ、でも私のことはずいぶんじろじろ見ていらっしゃいましたけど。それにターニャという管理人の娘さんのことも、ああそれから、コルビノのパーシャのことも。まあ、罪な話ですけれど、それでいてだれの気も損なわないんですから、隅におけないいたずら者ですわ」

「あきれたわ！　それで、お屋敷での評判はどうなの？」

「皆の話では、素晴らしい旦那様のようですわ。優しくって朗らかで。ただ一つの欠点といえば、女の子のあとを追い回す癖が、ちょっと度を超えていることだとか。でも、私に言わせれば、なにも目くじらを立てるようなことじゃありません。そのうちにちゃんと落ち着かれるでしょうから」

「なんとかその方に会ってみたいものだわ！」リーザがため息をついて言いました。

「なにも難しいことじゃありませんわ。トゥギーロヴォ村はすぐそば、ほんの三露里しか離れていません。村の方角に歩いて行くか、それとも馬に乗っていけば、きっとあの方と会われるでしょう。あの方は毎日、朝早くに、銃をもって猟をして歩かれるそうですから」

「いや、だめよ。そんなことをしたら、私が追いかけているんだって思われるでしょう。それに、父親同士がいがみ合っているんだから、どっちみちその方と知り合いになるわけにはいかないのよ……。ああ、ナースチャ！　いいことを思いついたわ。私が百姓娘の恰好をするのよ！」

「なるほど。厚地のルバシカの上にサラファン[61]を着て、堂々とトゥギーロヴォ村に歩いていらっしゃるんですね。そうすれば絶対にあのベレストフさんが見逃すはずはありませんから」

「それに、この地方の方言なら、私は上手にしゃべれるし。ああ、ナースチャ、ナースチャ、大好きよ！　これこそ名案ね！」

リーザは自分の愉快な計画をぜひ実行してやろうと心に決めて、床に就きました。

翌日計画の実行に取り掛かったリーザは、バザールに人をやって厚地の亜麻布、青い南京木綿と銅のボタンを買ってこさせ、ナースチャに手伝わせてルバシカとサラ

61　ロシア女性の着る肩紐のついた、袖無しのワンピース。通例ルバシカというシャツ（ブラウス）の上に着る。

ファンを身の丈に合わせて裁断すると、女中を総動員して縫い仕事をさせたので、夕方にはすっかり衣装が出来上がっていました。仕上がったばかりのものを試着して鏡の前に立つと、正直な話、今まで自分がこんなにかわいく見えたことはないという気がします。これから演じる役の練習として、歩きながら低くお辞儀をしてみせ、さらに粘土細工の猫みたいに何度か首を振ったり、百姓言葉で話したり、袖で口元を隠しながら笑う仕草をしたりしてみせると、全部ナースチャが合格の太鼓判を押してくれました。ただ一つ問題があって、庭を素足で歩いてみると、柔らかな足裏に芝草がチクチク痛く、砂地や砂利道などはとっても歩けたものではありません。そこでまたナースチャが助け舟を出してくれました。リーザの足の寸法を測ると、草地に出ていた牧童のトロフィームのところへ駆けつけ、その寸法で樹皮のわらじを一足作ってくれと注文したのです。翌日、夜も明けやらぬうちにリーザは早くも目を覚ましました。家じゅうがまだ寝静まっています。ナースチャは門の外に出て牧童が通るのを待ち構えていました。角笛《つのぶえ》の音が響き、村の家畜の群れが主人の屋敷の脇をぞろぞろ歩いて行きます。ナースチャの前にさしかかると、トロフィームは小さなマダラ模様のわらじを渡して、謝礼の五十コペイカを受け取りました。リーザはこっそり百姓娘の扮装をすると、ミス・ジャクソンへの対応について小声でナースチャに指示を与え、裏口から家を出て、菜園を抜けて外の畑地へと駆けだしていきました。

東の空が朝焼けに染まり、黄金色をした何層もの雲が、まるで皇帝の来臨を迎える廷臣たちのように、太陽の出現を待ち構えています。晴れ渡った空、早朝の澄んだ空気、草の露、微風《そよかぜ》、小鳥たちの歌声が、リーザの心を幼子のような喜びで満たしてくれます。誰か知り合いに見とがめられはしないかと恐れて、その足取りは歩くというよりも飛ぶようでした。父の領地の境界にある林の手前で、リーザは足取りを緩めました。この辺でアレクセイを待ち構える段取りになっています。我知らず胸の鼓動が高まっていました。若者のいたずらには不安がつきまといますが、まさにそうした不安こそが、いたずらのいちばんの魅力でもあるのです。リーザは林道の暗がりに入っていきました。ざわざわという、くぐもった木々の葉音が、若い娘を迎えます。はしゃいだ気分がすっと静まりました。少しずつ彼女は、甘美な夢想に浸っていきました。その脳裏に浮かんだのは……しかし、御年十七歳の令嬢が、春の早朝の六時前に、一人林の中で何を思ったのかなんて、はたしてはっきりと言えるものでしょうか？

そんなわけで、右も左も濃い影を落とす高い木々が連なる林道を、物思いにふけりながら歩いていると、突然一頭の美しい毛並みのポインター犬が吠えかかってきました。リーザはすっかりおびえて悲鳴を上げます。するとその時、「よせ《トゥボー》、スボガール、戻れ《イシ》……」という声がして、藪のかげから若い猟師が姿を現しました。「怖がらなくていいよ、娘さん」青年はリーザに言いました。「僕の犬は噛みつかないからね」

すでにパニックから立ち直っていたリーザは、とっさにこの好機を利用する知恵を働かせました。

「でも、旦那さん」半分怖がっているような、半分恥ずかしがっているような声で彼女は答えました。「怖いですよ。恐ろしそうな犬、またとびかかって来るでしょう」そんなやり取りの間もアレクセイは（読者はもう彼だと気づいたことでしょう）この若い百姓娘をじっと見つめていました。

「僕が送ってあげよう、もしも怖いのなら」彼は彼女に言いました。「並んで歩いてもかまわないか？」

「かまうもかまわないも」リーザは答えます。「どうぞご自由に、天下の公道ですし」

「どこから来たの？」

「プリルーチノ村から。鍛冶屋のワシーリーの娘で、キノコ狩りに行くところですよ」（リーザはひもの付いた小籠を肩にかけていました）「それで、旦那さんは？　トゥギーロヴォ村の方でしょう？」

「その通り」アレクセイは答えます。「若旦那のお世話係さ」

アレクセイは相手と対等の関係でいきたかったのです。しかしリーザは相手の顔をのぞき込んで笑いだしました。

「嘘つきね」彼女は言い返します。「甘く見ちゃいけません。お見通し、あんたがその若旦那さんなんでしょう」

「どうしてそんな風に思うんだね？」

「どっから見たってそうですよ」

「そうかな？」

「だって、ご主人か家来かくらい見分けが付くでしょう。着ている服も違えば、言葉も違うし、犬を呼ぶんだって異国の言葉じゃないですか」

時が経つにつれて、アレクセイはリーザがますます気に入ってきました。かわいらしい村娘とみれば遠慮しないことに馴れていた彼は、リーザを抱き寄せようとしましたが、リーザはひょいと身をかわすと、急にいかめしく冷たい顔つきになったので、アレクセイはそれを見て噴き出しながらも、それ以上の手出しを控えざるをえませんでした。

「この先お友達でいたいのでしたら」と彼女はもったいぶった口調で言いました。「軽々しいまねはなさらないことね」

「そんな気のきいたセリフを誰から教わったんだい？」アレクセイはゲラゲラ笑ってたずねました。「僕が知っているあのナースチャじゃないか？　ほら、お宅のお嬢さんの小間使いをしている彼女だよ。まったく、こんな風にして教養というのは広まっていくんだなあ！」

役柄を踏み外してしまったと感じたリーザは、すぐに軌道修正しました。

「何だと思っているの？」彼女は言いました。「私だってご主人のお屋敷に出入りしてないわけじゃありませんからね。ご心配なく、何でも自分で見聞きして知っていますよ。でも」と彼女は続けた。「あんたと話をしていたら、キノコ狩りどころじゃないわ。どうぞお先に、旦那さん、私は別の方角に行きますから。じゃあさようなら……」

リーザが立ち去ろうとすると、アレクセイはその手を取って引き留めました。

「名前はなんていうんだい、娘さん？」

「アクリーナよ」アレクセイにつかまれた指をもぎ離そうとしながらリーザは答えました。「ねえ、離して、旦那さん。私もう家に戻らなくちゃ」

「よし、じゃあアクリーナ、きっと訪ねていくよ、君のお父さんの、鍛冶屋のワシーリーの家へね」

「とんでもない」リーザはあわてて言い返しました。「お願いだから来たりしないで。地主の旦那と二人きりで林の中でおしゃべりしたなんてことが家に知れたら、私ひどい目に遭うわ。父さんに、鍛冶屋のワシーリーに、死ぬほどひっぱたかれるから」

「でも、どうしても君とまた会いたいんだよ」

「だったら、私もまたいつかここにキノコ狩りに来ますから」

「いつ？」

「明日にでも」

「可愛いアクリーナ、君にキスを浴びせたいけれど、我慢するよ。じゃあ明日、この時間だね、そうだろう？」

「ええ、ええ」

「だましはしないね？」

「だましなんかしないわ」

「誓ってくれ」

「神かけて誓うわ——きっと来ます」

若者たちは別れました。リーザは林を抜けだすと、帰り道は畑地を突っ切ってこっそりとわが家の庭に忍び込み、大急ぎで家畜小屋に駆け込みました。そこにはナースチャが待ち構えていました。せっかちな腹心の友の質問に上の空で答えながら着替えをすませ、そのまま客間に出ていきます。そこではクロスを敷いたテーブルに朝食の支度が整っていて、すでにおしろいを塗ってウエストをワイングラスのように締め上げたミス・ジャクソンが、薄いオープンサンドを切り分けています。父親は娘の早朝の散歩を褒めてくれました。

「何にも増して健康にいいのが」と父は言いました。「まさに早起きなんだよ」続けてイギリスの雑誌から拾った長寿者の例をいくつか挙げ、百歳以上生きた人間は皆、ウオッカを飲まず、夏冬問わずに夜明けとともに起床していた者ばかりだと、ひとくさり自説を開陳しました。リーザは父の話を聞いていませんでした。頭の中で朝の散歩の顚末をそっくり再現し、アクリーナと若き猟師の会話のすべてをたどりなおしていたのですが、そのうちに良心が咎めだしました。あえて内心の声に逆らって、二人の会話は決してふしだらなものではなかった、あれはただのいたずらで後を引くはずはない、と思おうとするのですが、それもむなしく、良心の咎める声は理性の声よりも大きかったのです。明日行くと約束してしまったことが、何よりも気がかりでなりません。こうなったらすっぱりと、あの厳かな誓いを破ってしまおう――ほとんどそこまで決心しかけました。しかし、待ちぼうけを食わされたアレクセイは、鍛冶屋のワシーリリーの娘を探し出そうと、この村までやってきかねません。そうして本物のアクリーナというのは太ったあばた面の娘だと知ったら、きっと自分たちの行った浅はかないたずらを見破ってしまうことでしょう。そう考えると空恐ろしくなり、リーザは翌朝もまたアクリーナとしてあの林に行くことに決めたのです。

一方アレクセイはまさに有頂天で、一日中新しい女友達のことを考えてばかり、夜になってもあの浅黒い肌の美人の面影が脳裏を去らず、夢の中にまであらわれる始末です。まだ朝焼けの色も見えない頃、彼はもう身支度を済ませていました。猟銃に弾を込める間ももどかしく、忠実な猟犬スボガールを連れて屋敷を出ると、約束の待ち合わせ場所めがけて駆け出します。今か今かと待ちわびて半時間もたったころ、ついに藪の向こうにちらつく青いサラファンを認めると、いとしいアクリーナを迎えに飛び出していきました。嬉しさに舞い上がっているその様子を見て相手もにっこりと笑いましたが、アレクセイはすぐにその顔に悩みと不安の影を認めました。なぜそんな顔をしているのと問いただします。リーザは打ち明けました――彼女は自分のふるまいが軽率だったと後悔していて、今回は約束を破りたくなかったので来たが、こうして会うのは今日が最後になるだろうし、こんな風にお付き合いしても二人にとって決してよい結果にはならないので、これでおしまいにしてほしい、と。これはもちろんすべて百姓言葉で話したのですが、考え方も感じ方も平民の娘とは思えぬほど繊細なものだったので、アレクセイは驚いてしまいました。彼は弁舌の限りを尽くして、なんとかアクリーナの決意を覆そうとしました――自分は罪深い願いを抱いてはいないと断言し、決して彼女に後悔させるようなまねはせず、何でも彼女の言うことを聞くと約束し、自分のただ一つの喜びを奪わないでほしい、一日おきでも、週に二度だけでもいいから、二人だけで会いたいと懇願したのです。彼はひたむきな情熱の命じるままに話していました。この瞬間の彼はまさしく恋をしていたのです。リーザは黙って彼の言葉を聞いていました。

「約束して」最後に彼女は言いました。「村で私を探したり、私のことを聞きまわったりしないって。会うときは私が決めるから、それ以外に私に会おうとしないって」

アレクセイが神に誓いを立てようとすると、彼女は笑って止めました。

「私には誓いはいらないわ」リーザは言いました。「あなたが約束してくれれば十分よ」

それから二人は一緒に林の中を散歩しながら仲良く語り合い、リーザが「もう帰らなくちゃ」と言うまでずっとそうしていました。別れて一人になったとき、アレクセイは一体どうしてただの田舎の小娘が、二度会ったばかりで自分にこれほどの支配力を持つようになってしまったのかと、狐につままれたような気持ちを味わったものでした。アクリーナとの付き合いはこれまで経験したことのないような魅力に満ちていたので、この不思議な百姓娘の要求が彼には無理難題のように思えたものの、自分がした約束を破ろうなどという考えは頭に浮かびもしませんでした。そもそもアレクセイは、例の不吉な指輪や、秘密めいた文通や、暗い幻滅の様子にもかかわらず、実際には善良で情熱的な青年であり、無垢《むく》の喜びを感じとる純な心を持っていたのです。もしも自分の好みだけに従うならば、私はきっと若い二人の逢い引きの様子を事細かに描写し、互いの思慕や信頼が募っていった様子を描き、二人が何をしたか、何を語ったかをお伝えすることでしょう。しかし読者の多くが私のそんな趣味を共有されないであろうことは存じています。だいたいそんな細かな話は、うんざりするほど甘ったるいものと決まっていますから、ここでは素通りして、以下の短い報告にとどめましょう。すなわち二か月もしないうちに、アレクセイはすっかりこの恋に夢中になり、リーザも、表し方は控えめながら、相手に劣らず恋をしていたということです。二人して今の幸せにかまけ、先のことはよく考えていませんでした。

結婚という解けぬ絆で結びつきたいという思いはしょっちゅう脳裏に浮かんだものの、互いの間でそれを口に出すことは一度もありませんでした。理由ははっきりしています。アレクセイは愛しいアクリーナに首ったけだったものの、自分とこの貧しい百姓娘とを隔てる距離を決して忘れることはなかったし、リーザは、互いの父親同士がどれほど憎み合っていたかを知っていたので、両者が仲直りするなどという甘い期待を抱く気にはとてもなれなかったのです。おまけにトゥギーロヴォ村の若旦那がついにプリルーチノ村の鍛冶屋の娘の前にひれ伏す姿を見たいという、意地悪な、まるで小説のような願望が、密かに彼女の自尊心を煽《あお》っていたのです。そこへ突然、大事件が降ってわいて、あわや二人の関係を一変させてしまいそうになりました。

あるよく晴れた寒い朝（わがロシアの秋に多い天気ですが）アレクセイの父ベレストフは乗馬で散歩に出かけました。万一獲物を見かけたときのために、三対《つい》ほどのボルゾイ犬と、馬丁と、鳴子《なるこ》を持った屋敷付きの使用人の子たちを引き連れています。ちょうど同じころ、リーザの父ムーロムスキーも、好天に誘われて尻尾の短い愛用の牝馬《ひんば》に鞍をつけさせると、英国風にデザインされた自分の所有地の周囲を速歩《トロット》で巡りはじめました。林のそばまで来たとき、彼は隣人の姿に気づきました。裏にキツネの毛皮を張ったコーカサス風短上衣《チェクメニ》を着て威張った様子で馬にまたがり、子供たちが声と鳴子で茂みから追い立てようとしているウサギを待ち伏せしているところです。もしもここでこの相手に出くわすと予見できていたら、もちろんムーロムスキーもあらかじめ脇道に逸《そ》れていたことでしょう。しかしこの出会いは全くの不意打ちで、あっと思ったらもうベレストフのいるところからピストルを撃てば届くほど近くまで来ていたのです。こうなってはどうしようもありません。ムーロムスキーは教養あるヨーロッパ人らしく、敵のところまで馬をすすめると、慇懃にあいさつしました。ベレストフもあいさつを返しましたが、その気の乗らない様子は、まるで鎖をつけられたクマがクマ使いの指示で観客の皆様にお辞儀をしているかのようでした。このとき、林からウサギが飛び出すと、野原を駆け出しました。ベレストフと馬丁は声を限りにわめきたて、犬を放つと、自分たちも後を追って全速力で駆け出しました。ムーロムスキーの馬は一度も狩りに出た経験がなかったので、すっかり驚いて勝手にどんどん走っていきます。乗馬の名手を自任するムーロムスキーは、馬の走るのに任せながら、内心、こんな偶然のおかげでいけ好かない話し相手から逃げられたのを喜んでいました。しかし走っていてふと、それまで気づかなかった窪地に出た馬が、とっさに脇に飛び退《すさ》ったために、ムーロムスキーはたまらず落馬してしまったのです。凍った地面に落ちてしたたかに体を打った彼は、横たわったまま尻尾の短い自分の牝馬を呪いました。馬のほうは騎手がいなくなったのに気付くと、まるで我に返ったようにその場に立ち止まったものです。ベレストフが、けがはないかと声を掛けながら、馬で駆けよってきます。馬丁は悪さをした馬の手綱を抑えて連れてきました。馬丁がムーロムスキーに力を貸して鞍に乗せると、ベレストフは隣人を自分の家に招きました。ムーロムスキーは世話になった負い目で、断ることができません。そんなわけでベレストフは栄えある凱旋を果たしたのです。なにせ、ウサギを仕留めたうえに、自分の敵を、負傷した、ほとんど捕虜同然の姿で連れ帰ったのですから。

隣人たちは朝食をとりながら、かなり仲睦《なかむつ》まじく会話を交わしました。ムーロムスキーはベレストフに、軽馬車を一台お貸し願いたいと頼みました。というのも、正直なところ、打撲のせいで家まで馬に乗っていくことができなかったからです。ベレストフは表階段のところまで客を見送りましたが、ムーロムスキーは立ち去る前に相手から、翌日プリルーチノ村を（息子のアレクセイも連れて）訪問し、友人としての会食に加わるという約束を取り付けました。こんなわけで、長年の根深い反目も、尻尾の短い牝馬の臆病風《おくびょうかぜ》のおかげで、どうやら解消する兆しが見えてきたのです。

戻ってきた父親を見て、リーザが迎えに駆け出しました。

「どうしたの、お父様？」彼女は驚いて問いただします。「何でびっこを引いているの？　お父様の馬はどこ？　これは誰の馬車？」

「いやはや、まったく信じられないようなことがあってね、お前《マイ・ディア》」娘の問いにそう応じると、ムーロムスキーは一部始終を物語りました。

リーザはわが耳を疑いました。彼女が我に返る間もなく、父親は明日ベレストフ親子がうちに食事に来ると宣言します。

「なんですって！」リーザは青ざめた顔で言いました。「ベレストフさんの親子が！明日うちに食事に来るんですって！　いいえ、お父様、どうぞご勝手になさってください。私は絶対に同席しませんから」

「お前どうしたんだ、妙な事を言い出して？」父親が言い返します。「いつからそんなに恥ずかしがり屋になったんだね？　それとも父親のベレストフ嫌いを受け継いだとでもいうのか、まるで小説のヒロインみたいに？　いいから、おかしな真似はよすんだよ……」

「いいえ、お父様、私どんなことがあっても、どんな宝にかけても、ベレストフさんたちのお相手はしません」

ムーロムスキーは肩をすくめると、それ以上娘と言い合おうとはしませんでした。反論してもどうにもならない相手だということを、承知していたからです。そこで彼は、この記念すべき散歩の疲れをいやすために、その場を去ったのでした。

リーザは自室に引っこむと、ナースチャを呼びました。二人は長いこと、明日のお客について相談しました。もしも当家の育ちのよい令嬢が実はあのアクリーナだったと知ったなら、アレクセイは何と思うでしょうか？　彼女の行状やたしなみや分別について、果たしてどんな意見を持つでしょうか？　その一方でリーザには、こんなにも思いがけない形の出会いが、はたして彼にどんな印象を与えるのか、ぜひ見てみたい気持ちもあったのです……。ふとある考えが頭に浮かんで、彼女はすぐにナースチャに告げました。二人ともそれは名案だと大喜びし、絶対に実行しようと決めたのでした。

翌朝の朝食の席で、ムーロムスキーは娘に、結局ベレストフ親子に顔を見せないつもりかとたずねました。

「お父様」娘は答えます。「もしお望みなら、お相手しますわ。ただしひとつ約束して――私がどんな姿でお客様の前に現れても、どんなふるまいをしても、決してお小言も言わないし、驚いた様子も気に入らない様子も、一切見せないって」

「また何かいたずらを思いついたか！」父親はにやにや笑いながら言いました。「まあよしよし、わかったから、どうとでも好きにしなさい、この黒い目のいたずらっ娘《こ》め！」

そう言って父親が娘の額にキスをすると、リーザは支度をするために駆けだしていきました。

二時ちょうどにベレストフ家自家製の六頭立ての幌馬車が敷地に乗り入れて、円形に植えられた深い緑の芝の周りをぐるりと一回りしました。父親の老ベレストフは、ムーロムスキー家の制服を着た二人の従僕に助けられながら、表階段を上りました。後を追って騎馬で乗り付けた息子も、父親と一緒に食堂へ入りましたが、そこにはもう食卓の支度が調っていました。ムーロムスキーはとびきりの笑顔で隣人を迎えると、食事の前に庭と私製の動物園をお目にかけようと申し出て、先に立って案内しましたが、足下の小道にはきちんと掃き掃除をした上に砂がまかれていました。老ベレストフは、こんな役にも立たぬ気まぐれに費やされた手間と時間がもったいないと感じましたが、礼儀上口を閉ざしていました。息子の方は、計算高い地主の不満げな様子にも、うぬぼれ屋の英国かぶれの有頂天ぶりにも、共感を覚えはしませんでした。噂の高い当家の娘の出現を、今か今かと待ち構えていたのです。ご承知のように、すでに心に思う人がいたのですが、若い美女とくればいつだって、彼の空想を誘う権利を持っていたのです。

客間に戻ってくると、彼らは三人で席に着きました。老人たちは昔の出来事や勤務上の逸話を思い起こし、一方アレクセイは、リーザ嬢が出てきたら自分はどんな役を演じたら良いだろうかと思いをめぐらせていました。結局、何はともあれクールでさりげない態度がいちばん無難であろうと判断して、その方向で心構えをしたわけです。ドアが開き、そちらを振り向いたときの彼は、いかにもお義理だけといった、ふてぶてしいまでに無頓着な態度だったので、自分の色香に絶対の自信を持つ女でさえ、これを見たらきっとしゅんとしたことでしょう。ただし残念ながら、入ってきたのはリーザならぬミス・ジャクソンで、おしろいを塗りたくってウエストをきゅっと締め上げた出《い》で立ちで、伏し目のまま小さく膝をかがめる挨拶をしたものですから、アレクセイの見事な作戦も空を切った形になったのでした。彼が体勢を立て直す暇もなく、再びドアが開いて、今度こそリーザが入ってきました。皆が立ち上がります。父親は早速客の紹介に取り掛かろうとしましたが、不意に絶句して、慌てて唇をかみしめました……。リーザが、あの浅黒い肌のわが娘リーザが、耳のあたりまでたっぷりとおしろいを塗りたくり、ミス・ジャクソンにも負けないほど眉墨を付けていたのです。

自毛よりもずっと明るい色の付け巻き毛は、ルイ十四世のかつらのようにふくらませられ、ドレスの「道化風《ア・ランベシル》」の袖[62]は、かのポンパドゥール夫人のスカート[63]のように広がり、ウエストのあたりはＸの字を思わせる形で締め付けられ、いまだ質草になっていなかった母親の遺品のダイアモンドが、指にも首にも耳にも鈴なりになって輝いていました。この滑稽な金ぴかの令嬢がアクリーナだとは、アレクセイには見抜けませんでした。父親が令嬢に歩み寄り、片手を取って口づけしたので、彼もいやいやながら後に続きます。彼女の白くか細い指に触れたとき、彼にはその指が震えているように感じられました。ついでに、思い切りおしゃれな靴をはいてこれ見よがしに突き出された小さな片足も、垣間見ることができましたが、おかげで衣装の他の部分に対する違和感が、幾分か中和されました。おしろいや眉墨について言えば、そもそも根が純朴な彼は、正直な話、最初に見たときそれが化粧だとは気付かなかったし、後になっても疑いもしなかったのです。

リーザの父親は自分がした約束を思い出したので、驚いたそぶりも見せまいと努めていました。しかし娘のいたずらぶりがあまりにも滑稽で、笑いをこらえているのも難しいくらいだったのです。ところが堅物のイギリス人家庭教師にしてみれば、笑うどころではありません。眉墨もおしろいも自分の整理ダンスから盗み出されたものだと見抜くと、顔を覆うおしろいの層の奥から、怒りの紅潮が赤黒く浮かび上がってきました。そうして焼き尽くすような視線をいたずら娘に投げかけるのですが、説明は全部後回しと決めている令嬢のほうは、まったく知らぬふりをしていたのです。

一同は食卓に着きました。アレクセイは相変わらず、何かぼんやりと考え込んでいるような演技を続けています。リーザはつんと澄まし顔で、話をするにも口をすぼめて歌うような調子、しかも全部フランス語で通しています。父親は娘の意図が分からずに、ちらちらとその様子を観察していましたが、なおかつすべてを実に面白い展開だと受け止めていました。イギリス人家庭教師は怒りのあまり黙り込んでいます。ただ一人ベレストフだけが、わが家にいるかのように寛《くつろ》いで、二人前の料理を平らげ、普段通りの酒豪ぶりを発揮し、自分の冗談に自分で吹き出し、そうして時が経つにつ

62　肩部分が広がっていて、手首に向けてすぼまる形の袖。
63　ポンパドゥール夫人（一七二一～六四）はルイ十五世の公妾で、権力をふるい、フランス政治に介入した。クジラのひげを入れて膨らませたベル形のスカートでヒップを強調し、コルセットでウエストを細く見せるファッションが彼女の時代にはやった。

れてますます打ち解けた様子で、話をしては大笑いするという風でした。

とうとう会食がお開きになり、客が帰って行くと、ムーロムスキーはやっと笑いたいだけ笑い、質問したいだけ質問しました。

「なんでまたお客さんたちをからかう気になったんだね？」彼はリーザにたずねました。「ところで、いいことを教えてやろう。おしろいは実際、お前に似合っていたよ。女性の化粧のこつなんか何も知らんが、私がお前だったらやはりおしろいを使うだろうな。もちろんべったりじゃなくて、うっすらとだがね」

リーザは自分の企みが功を奏したので大はしゃぎです。父親に抱きついてご忠告については考えてみますと約束すると、ぷんぷん怒っているミス・ジャクソンの機嫌をなだめようと、彼女の部屋に駆けつけました。相手は渋々ドアを開け、言い訳を聞くことを承知してくれました。——自分はこんな色黒のまま知らない人の前に出るのが恥ずかしかったが、口に出して頼むのも気が引けたので……優しい先生ならきっとお許しくださるに違いないと思って、云々——そんな風にリーザは説明しました。ミス・ジャクソンは、リーザに自分を笑いものにする意図がなかったのを確かめると機嫌を直し、教え子にキスをすると、仲直りの印にイギリス製のおしろいを一瓶プレゼントしてくれました。リーザは心からの感謝を表明してそれを受け取りました。

読者もご推察の通り、翌朝になると早速リーザは例の林に逢い引きに出かけました。

「ねえ、あなたは昨日、うちの旦那様のところに来たでしょう？」彼女はすぐにアレクセイにたずねました。「お嬢様のことはどう思った？」

アレクセイはろくに見もしなかったと答えました。

「残念だわ」リーザは言い返します。

「なぜ？」とアレクセイ。

「どんな噂？」

「だって、あなたに確かめたかったのよ、噂が本当かって……」

「あのね、私がお嬢様に似ているっていう噂が、本当かどうかよ」

「何を馬鹿な！　君に比べたらあんなのはただの化け物さ」

「あら、そんなことを言うのは罪ですよ。うちのお嬢様は、それはもう色白で、おしゃれですからね！　それを私なんかと比べるなんて！」

アレクセイは神に誓って、どんな色白の令嬢たちよりも彼女の方が上だと断言し、相手の疑いを晴らそうとして、彼女の「お嬢様」をとびきり滑稽なタッチで論評して見せたため、リーザは心底大笑いしました。

「でもね」と彼女はため息をついて言いました。「もしもお嬢様がそんなにおかしな方だとしても、やっぱり私はお嬢様とは違って読み書きもできない馬鹿娘だから」

「へえ！」アレクセイは応じます。「つまらないことで悩むものだね！　じゃあ、もしよかったら、僕がすぐに君に読み書きを教えてやるよ」

「そうね」とリーザ。「本当に習ってみようかしら」

「じゃあ、すぐにでも始めてみるかい」

二人は腰を下ろしました。アレクセイがポケットから鉛筆とメモ帳を取り出します。するとアクリーナは驚くほどのスピードでアルファベットを覚えてしまいました。アレクセイはその理解力にただただ驚くばかりです。翌朝には彼女は書き方も教わってみたいと言いました。初めのうちは鉛筆が思うように動きませんでしたが、何分かするうちに、かなりきちんと文字が書けるようになりました。

「まるで奇跡だよ！」アレクセイは言いました。「これならランカスター・システム[64]で勉強するよりも速いぞ」

実際三日目の朝にはもうアクリーナは『貴族の娘ナターリヤ[65]』をきちんと理解する

ようになっていました。読みながらも時々、気の利いたコメントを付け加えてアレクセイを心底驚かせ、しまいにはこの小説から書き抜いた警句のたぐいで、一枚の紙を埋め尽くしてしまったのです。

一週間後には二人の間で文通が始まっていました。郵便局代わりになったのは古いカシワの木にできた空洞で、ナースチャが密かに郵便配達の役目を果たしました。アレクセイが大きな文字で書いた手紙をカシワの木まで届けると、そこには青い素朴な紙にたどたどしい文字で書かれた恋人の手紙が見つかるという寸法です。アクリーナはどうやら上品な言葉遣いにも慣れたようで、眼に見えて知性も発達し、教養も身についてきました。

64　ジョセフ・ランカスター（一七七八〜一八三八）がアンドリュー・ベル（一七五三〜一八三八）の助力で開発した集団教育方式で、優秀な生徒がおくれた生徒を助ける手法により、産業革命時代の大量教育に貢献した。デカブリストが関心を示したことでも有名。

65　ニコライ・カラムジーンの小説（一七九二）。ヒロインのナターリヤが駆け落ちする相手もアレクセイという名で、父親を謂れなき讒言《ざんげん》のために国賊とされたこの青年の汚名を晴らすため、ヒロインはともに戦場に出て戦う。

一方、知り合ってまだ日の浅いベレストフとムーロムスキーもどんどん関係を深め、やがては友達の仲になりましたが、その裏には次のような事情があったのです。じつはムーロムスキーの頭には、しばしばこんな考えが浮かんでいました――父親のベレストフが死ねば、財産はそっくり息子のアレクセイの手に渡る。そうなればアレクセイはこの県で一、二を争う金持ち地主だし、彼の側にもリーザを嫁に取らない理由はないだろう。一方の老ベレストフの方も、隣人のムーロムスキーに何かまともでないものを（本人の表現を借りれば、英国ぼけを）感じながらも、相手が数々の長所を備えているのも否定しませんでした。たとえばまれに見るほど金繰りがうまいところもその一つ。ムーロムスキーはかのプロンスキー伯爵の近い係累で、プロンスキー伯爵と言えば名門で力もありますから、アレクセイにも大いに力になってくれるかも知れませんし、ムーロムスキーも（ベレストフの思惑では）おそらく娘を有利な条件で嫁にやる機会を歓迎するだろう、というわけです。

二人の老人はそれぞれ胸の内でこんな目論見をはぐくんでいたのですが、ついにあるとき胸襟を開いて語り合い、相抱き合って、この件をしっかり実現しようと約束を交わしました。そしてそれぞれの側からお膳立てにとりかかったのです。ムーロムスキーには一つの難題が控えていました。娘のベッツィー（リーザ）をアレクセイともっと親しくなるよう説き伏せなくてはならないのですが、娘はあの記念すべき会食以来アレクセイに会っていないのです。どうやら互いにあまり好みではなかった印象で、少なくともアレクセイはあれから一度もプリルーチノを訪れていませんし、リーザの方はせっかく父親のベレストフがたずねてきても、毎回部屋にこもってしまいます。しかし――とムーロムスキーは考えました――もしアレクセイが毎日ここへ通ってくるようになれば、きっとベッツィーも彼を好きになるだろう。それこそ物事の道理で、時がすべてを解決してくれるさ。

ベレストフの方は自分の目論見の首尾について、それほど心配していませんでした。早速その晩、息子を書斎に呼びつけると、パイプに火を着けたまましばし沈黙したあとで言い放ちました。

「なあ、アレクセイ、しばらく前から軍に勤める話を聞いていないが、どうしたんだ？　もはや軽騎兵の軍服には魅力を感じないというわけか？……」

「いや、父上」アレクセイはかしこまった口調で答えます。「ただ僕が騎兵隊に入ることが、父上のお気に染まないとわかっていますし、父上の言いつけに従うのが僕のつとめですから」

「わかった」ベレストフは答えました。「さすがに聞き分けのいい息子だ。私も嬉しい。かといってお前に嫌なことをさせたくはないから、何も今すぐにその……無理強いするつもりはないぞ……文官勤めをな。まあとりあえずは、お前を結婚させようと思っている」

「一体誰とですか、父上？」アレクセイは面食らってたずねました。

「ムーロムスキーの娘のリザヴェータだよ」ベレストフは答えます。「あの娘ならどこに出しても恥ずかしくない嫁だ。そうだろう？」

「父上、僕はまだ結婚は考えていません」

「お前が考えないからこそ、私が代わりに考えてやったんだ。じっくりとな」

「お言葉ですが、あのリーザはまったく僕の好みではありません」

「あとから好きになるさ。人間、慣れてしまえば好きになるもんだ」

「僕には自分があの人を幸せにできるとは思えません」

「嫁の幸せなど、お前が心配しなくていい。それとも、お前は親の意志をないがしろにしようというのか？　どうなんだ！」

「せっかくですが、僕は結婚したくありませんから結婚しません」

「結婚するんだ、さもなければ縁切りだぞ。そうなったら必ず、家も領地も売り払って全部使い果たし、お前にはびた一文も残さん！　三日やるからよく考えるんだ。それまでは私の前に顔を出すな」

アレクセイには分かっていました――いったんこの父親が何かを思い込んだらもうおしまい、例のタラス・スコチーニン[66]のせりふにあるように、たとえ釘を打ち込んでも頭からたたき出すことはできないのです。しかしアレクセイも父親似で、なかなか人の言うことなど聞きません。彼は自室に戻るとじっと考え込みました――親の権限の範囲のこと、令嬢リザヴェータのこと、一文無しにしてやるという父親の厳粛な宣言のことを考え、そして最後にアクリーナのことを考えました。自分が彼女に恋い焦がれているということが、初めてつくづくと実感されました。百姓娘と一緒になり、自ら働いて生活の糧を得るという小説じみた考えがふと頭に浮かび、そんなきっぱりとした行動を想像すればするほど、ますますそれが分別にかなったことのように思え

66　序文のエピグラフにあるデニース・フォンヴィージン作『親がかり』の登場人物。

てきました。

雨がつづいていて、ここしばらく林での逢い引きが途絶えていたので、彼はアクリーナに宛てて手紙をしたためました。極めてはっきりした文字と極めて激しい文体で、二人を破滅が待ち構えていることを告げ、続けて結婚申し込みのメッセージを書き加えたのです。そして即座にこの手紙を例の木の洞の郵便局に届けると、自分のとった行動に大満足しながら眠りについたのでした。

次の日アレクセイは、堅い決意を抱いたまま、朝早くからムーロムスキーの屋敷へと馬を走らせました。ムーロムスキーとざっくばらんに話し合おうというのです。相手の寛大さに訴えれば味方につけることができるだろうという期待がありました。

「ムーロムスキーさんは御在宅か?」プリルーチノの邸宅の玄関先で馬に乗ったまま、彼はそこにいた召使いにたずねました。

「おあいにく様です」召使いが答えました。「主人は朝からお出かけです」

アレクセイは内心残念でたまりません。

「せめてお嬢様のリザヴェータさんはいらっしゃらないか?」

「御在宅です」

そこで馬から飛び降りると、召使いに手綱をあずけ、案内も請わずに家へ入っていきました。

「すっぱりと決着をつけてやる」客間に向かいながら彼はそう思っていました。「本人と直談判だ」

そうして客間に入った途端……彼はその場に立ちすくんでしまいました。リーザが……いやアクリーナが、いとしい浅黒い肌のアクリーナが、サラファンではなく真っ白な朝用の部屋着をまとった姿で、窓辺に腰かけて彼の手紙を読んでいるではありませんか。しかも読みふけるあまり、彼が入ってきたのにも気づいていません。アレクセイはあまりの嬉しさに思わず声をあげてしまいました。リーザはぎくりとして顔を上げると、キャッと叫んでそのまま立ち去ろうとします。アレクセイはさっと駆けよって抱き留めました。

「アクリーナ、アクリーナ！」

リーザは身を離そうともがきます。

「放してください《メ・レセモア・ドンク・ムッシュー》。馬鹿な真似はおやめください《メゼットヴー・フー？》」顔をそむけながら彼女はそう繰り返しました。

「アクリーナ！　僕の大事なアクリーナ！」アレクセイは彼女の両手に口づけしながら繰り返します。

たまたまこのシーンを目撃したミス・ジャクソンは、事情も分からずに面喰らっています。その時ドアが開いて、父親のムーロムスキー氏が入ってきました。

「ははーん！」と彼は言いました。「どうやらお二人さん、すっかり話がついたとみえるな……」

もはや結末をお話しするのは蛇足でしょうから、語り手の私もここでお役御免とさせていただきます。

『ベールキン物語』完

読書ガイド

望月 哲男

一　詩人プーシキンの生涯と創作

時代背景

アレクサンドル・プーシキンは一七九九年にモスクワで生まれ、一八三七年、ペテルブルグで決闘の結果落命した。三十七年の短い生涯の間に、抒情詩、寸鉄詩、メッセージ詩、書簡詩など六百点を超える短詩作品を書いたほか、物語詩、劇詩、韻文小説および散文小説のジャンルで名作を残した。本書に収めた『スペードのクイーン』『ベールキン物語』は、散文小説の代表作である。

十九世紀初頭のロシア社会は、明治期の日本と同じように、近代的な文章語の確立と国民文学の形成という課題に直面していたが、この時代に詩と散文の両面で文学言語と文学様式のモデルを作ったプーシキンは、今日でもロシアの国民詩人として不動の評価を得ている。ただし現実の彼の生涯は、波乱と毀誉褒貶《きよほうへん》に富む複雑なものだった。誇り高い貴族詩人だった彼は、女性の美にも周囲の評価にも賭博の勝ち負けにも敏感に反応し、祖国のために戦う者にも正義の名で国家に刃向う者にも同様に共感する、情熱的で奔放な性格の持ち主だった。そのような人物にとって、専制体制下の抑圧的な社会は、いかにも生きにくい場所だった。

この時代のロシアの基礎は、十八世紀初頭のピョートル大帝（在位一六八二〜一七二五）の時代に作られた。身長二メートルを超すこの強力なリーダーは、自国を西欧諸国に負けない近代国家とするために、諸外国の制度や学術文化を学者や技術者とともに導入し、軍、税、行政、教育など諸方面で改革を断行した。貴族の子弟を国家勤務に駆り立て、文官・武官それぞれを十四の等級に分類する制度を導入し、教会と聖職者を国家管理のもとに置く宗務院を作るなど、国家資源の掌握と活用のためのシステムを作り上げたのだ。この皇帝がフィンランド湾岸に造成し、内陸のモスクワから首都機能を移したヨーロッパ風の人工都市サンクト・ペテルブルグ（以下ペテルブルグと略称）は、近代ロシアの進路を示すシンボルとなった。『ベールキン物語』の「駅長」では、最下級の十四等官である主人公が、将校に連れ去られた娘を取り戻そうとして、官僚制の本山であるペテルブルグに赴く。全体が、末端の地方官吏の目線で見たピョートル式国家体制の絵解きのようになっているのだ。

ピョートルの設計図のもとに強国ロシアへの道を突き進んだのは十八世紀後期の女帝エカテリーナ二世（在位一七六二〜九六）。ヴォルテールと文通する啓蒙君主として法治主義を標榜《ひょうぼう》しながら、実際には寵臣を活用する専制君主として辣腕《らつわん》をふるった。彼女の治世にロシアはプロイセン、オーストリアとともにポーランドの領土を山分けして西方に国土を広げ（ポーランド分割）、またオスマン帝国との戦争の結果南方にも広がった。そうした領土拡大と、各地への植民、異教徒への寛容政策などにより、ロシアは俄然多民族帝国の風貌を強くした。プーシキンの作品にドイツ人の工兵や職人をはじめさまざまな非ロシア人が登場し、ギルド、フリーメイソンなど異文化の伝統や概念が登場するのも、そうした多民族・多文化的背景を反映している。

十九世紀のアレクサンドル一世（在位一八〇一〜二五）の時代、ロシアは対外関係で存在感を強めた。この時代のヨーロッパの共通テーマはフランス皇帝ナポレオンの膨張政策。ロシアはイギリスやオーストリアとの連携でこれに対抗し、一八一〇年にはナポレオンの大陸封鎖令を破ってイギリスとの貿易を再開した。こうしたことへの報復としてナポレオンは一八一二年に六十万の兵を率いてロシアに攻め込んだが、モスクワにまで達しながら、戦果もなく後戻りすることになった。この敗北は一八一四年のナポレオン失脚につながり、アレクサンドル一世は以降のヨーロッパ秩序のデザインを決めるウィーン会議の主役となる。この戦争は、ロシアで祖国戦争と呼ばれ、『ベールキン物語』の「吹雪」で言及されるような愛国心の高揚を引き起こしたが、同時にロシア社会の病弊を自覚させる契機ともなった。参加した貴族将校たちが、農奴出身の兵卒と接してその悲惨な生活ぶりを知り、また敗走するフランス軍を追って行った先のヨーロッパで先進的な政治・社会文化に触れることで、専制体制や農奴制の矛盾を痛感したのである。そうした青年将校が中心となって、一八一六年から立憲君主制や共和制への改革を志向する結社が生まれ、それが一八二五年のアレクサンドル一世の死を契機として、デカブリストの乱と呼ばれる軍の蜂起を引き起こす。簡単に鎮圧されたうえに、絞首刑五名、シベリア流刑・徒刑百二十一名という悲惨な結果をもたらしたこの乱は、ロシア社会にきわめて大きなトラウマをもたらした。後述のように、プーシキンの人生にも作品にも、この事件は濃い影を落としている。

デカブリストの乱の後始末から始まったニコライ一世の治世（一八二五～五五）に、

ロシアは息苦しい警察国家となった。ニコライ一世は皇帝官房第三部という名の秘密政治警察を作って思想統制を強め、国家と教会による二重の検閲制度を敷き、忠君愛国的な教育体制を築き、情報と人の移動を管理して、外国の新思想の流入をブロックしようとした。プーシキンはまさにこの時代を、情熱的・反逆的な詩人として生きたのだった。

早足で駆け抜けたような彼の生涯は、早熟な天才詩人として貴族学校《リツェイ》を卒業するまでの少年期（一八一七年まで）、外務省に奉職してから南方追放を味わう時期（一八二四年まで）、官職を解かれて母親の領地に幽閉されてから、再度首都の社交界に復帰し、結婚を決意するまでの時期（一八三〇年まで）、結婚と復職の後の早い晩年、に分けて考えることができる。本書の小説群にも、そうした各時点での経験や社会状況を踏まえた方がわかりやすい点が多い。作品解説に先立って、右記のような区切りを目途《めど》に、プーシキンの生涯を概観してみよう。

少年期

プーシキンの父親はあまり富裕ではない退役近衛少佐だったが、由緒あるロシア貴族の家系で、先祖は十六世紀末から十七世紀初めの動乱時代を描いたプーシキンの劇詩『ボリース・ゴドゥノーフ』にも登場する。母方の曽祖父アブラム・ガンニバルはアビシニア(エチオピア)出身。イスタンブール経由でロシアにわたり、十八世紀の初頭にピョートル大帝に重用されて砲兵将校となり、のちに将軍にまで出世した。プーシキンは自らの風貌にも明瞭に表れたアフリカの血を誇りとし、のちに先祖をたたえて小説『ピョートル大帝の黒奴《こくど》』を書いている。

プーシキンは生来文学的な嗜好が強く、趣味人の父親と詩人の叔父の周辺に形成されていた文芸サロンの雰囲気に早くから浸り、父親の蔵書を読みふけって、弟レフの回想によれば、十一歳のころには「全フランス文学をそらんじていた」という。

創作でも早熟で、十歳未満からフランス語で詩作を試みていたというが、本格的な文学生活が始まるのは一八一一年、ペテルブルグの西南二十キロにあるツァールスコエ・セローに開設された貴族学校《リツェイ》に入学したのちのことである。これは将来国家の要職に就くべき貴族子弟の教育を趣旨とした六年制の官費寄宿学校で、今風に言えば人文社会学一般と体育を教育し、国家へのアイデンティティの涵養《かんよう》を図った。入学翌年に起こった先述の祖国戦争も含め、プーシキンの学校時代は「名誉心と祖国愛」を刺激する事件に富み、それゆえ何人かの生涯の友を得た時期でもあった。その中にはのちにデカブリストの乱に加わる者も含まれていた。

在学中にプーシキンは恋愛詩、物語詩、寸鉄詩、戯《ざ》れ歌《うた》など、多様なジャンルで百二十編ほどの創作を試みている。一八一五年の公開進級試験の席では、自作の詩「ツァールスコエ・セローの思い出」を朗読し、臨席した大詩人デルジャーヴィンに激賞されるという晴れやかな形で、文壇へのデビューを果たした。

ペテルブルグと帝国の南部で

一八一七年に貴族学校《リツェイ》を卒業すると、プーシキンは十等官の位を得て外務院の翻訳官の職に就いた。後輩作家のゴーゴリが「仕事も習慣も上品な」と書いた、スマートな職種である。ただし首都ペテルブルグでのこの後の三年間の暮らしは、サロン、劇場、舞踏会、酒場、賭博場、娼館をめぐり、諍《いさか》いや決闘事件に明け暮れる放埒なものだった。いっぽうで祖国戦争後に顕在化したロシア社会の政治的な課題にも敏感に反応し、農奴制や専制政治への激しい批判と自由の希求をうたった政治詩を書いた。これらは公刊されないまま、筆写で広く流布した。後のデカブリストの乱につながる秘密結社「福祉同盟」に関連した貴族青年の会合「緑のランプ」に出入りしたのも、この時代である。

一八二〇年にはキエフ大公国を舞台とした騎士物語にフォークロア的なセンスや語《ご》彙《い》を盛り込んだ物語詩の傑作『ルスラーンとリュドミーラ』を書き上げるが、その出版もすまぬうちにロシアの南方に追放の憂き目にあう。ひそかに流布した政治詩の自由思想や、皇帝・貴顕《きけん》に当てた暴露的言説が政府の逆鱗《げきりん》に触れたもので、この後二四年まで、プーシキンは首都から離れて暮らすことになった。ただしこの不本意な追放は、彼の世界を広げる契機ともなった。寛容なインゾフ将軍の指揮下に置かれた追放の初期には、エカテリノスラフ(現ドニプロペトローウシク)から幸便を得てコーカサス、クリミアへ旅行し、のちにコーカサス戦争に題材をとった『コーカサスの捕虜』や、クリミア・ハーンのハーレムを扱った『バフチサライの泉』などの物語詩を書くインスピレーションを得た。その後ベッサラビア全権総督となったインゾフ将軍の任地キシニョフ(現モルドヴァ共和国キシナウ)に赴き、二年半を過ごした。この時期の生活も相変わらず賭博、恋愛、決闘に彩られた奔放なものだったが、プーシキンの交友相手にはのちにデカブリストの乱をおこす「南方結社」の将校たち(ワシーリー・

ダヴィドフ、ミハイル・オルロフ、イワン・リプランディ、パーヴェル・ペステリなど）も混じっていた。彼らの蜂起は二五年だが、すでに二一年から二三年にかけて、ギリシャ独立運動などを契機とした軍隊内の思想統制が始まっており、リプランディ、オルロフなどにもその禍が及んでいた。

プーシキンは南方の地で異国情緒に満ちた抒情詩や物語詩を書く一方、反逆的なメッセージ詩や冒瀆的な物語詩『天使ガブリエルの歌』なども書いている。秘密結社の将校たちも、そうしたプーシキンの詩に強い刺激を受けていた。このキシニョフ時代の経験はのちの創作にも深い影を落としており、後述のように、一見政治状況とは無縁な『ベールキン物語』や『スペードのクイーン』の中にさえ、デカブリストたちの影を暗示する要素は少なくない。この時期にはまた、のちに七年をかけて書き上げられる韻文小説『エヴゲーニー・オネーギン』が起稿された。

追放後期の二三年夏、プーシキンは新たにノヴォロシア・ベッサラビア軍事総督になったヴォロンツォフ伯爵の支配下に入って、黒海岸の港町オデッサに移った。指揮官との対立から翌年夏までの短期間に終わったが、国際貿易港の開かれた雰囲気と恋愛体験が彼の詩想を刺激し、いくつかの抒情詩の名作が生まれた。

蟄居・デカブリストの乱・復帰・ボルジノの秋

一八二四年八月、上官との確執の果てに決定的に政府の心象を損なったプーシキンは、外務院から馘首《かくしゅ》され、母方の領地だったプスコフ県ミハイロフスコエ村に蟄居《ちっきょ》の処分を受けた。村での暮らしは執筆に時間を割く余裕を与え、二五年までに物語詩『ジプシー』、詩劇『ボリース・ゴドゥノーフ』などを含む充実した作品群が生まれた。二五年の春から夏にかけて、病気の手術を理由とした亡命計画を立てるが、失敗に終わっている。

二五年十二月十四日、アレクサンドル一世死後の混乱を契機に、首都ペテルブルグで、先述のデカブリストの乱が起き、ニコライ一世によって鎮圧された。死刑や追放の対象になった者には、プーシキンの友人知己も含まれていた。田舎に蟄居したまま首都での事件を知って大きなショックを受けた彼は、「累《るい》を他に及ぼすことを恐れて」書き溜めた原稿やメモを処分している。実際新帝ニコライ一世とその側近ベンケンドルフ（のちの秘密警察長官）は、調査によって浮かび上がった秘密結社の成員に対するプーシキンの作品の影響力を危険視していた。

翌二六年九月、彼は戴冠式でモスクワに滞在していたニコライ一世のもとへ呼び出されるが、予期に反して新帝は、思想と行動を改めることを条件にプーシキンを自由の身にするという寛大な措置を提案し、プーシキンもこれを受け入れた。同じ面談でプーシキンが、検閲による制限が厳しいせいで著作料収入がままならないことを訴えると、皇帝は特別の措置として、今後自ら直々《じきじき》に彼の検閲官となることを宣言した。この決定のおかげで、プーシキンは以降、自作に対する皇帝筋の「見解」や「提案」を無視することができなくなる。デカブリストの乱以前に書かれた政治詩や風刺詩の思想性への糾弾も、彼に付きまとった。

なお、この時期以降のプーシキンのメッセージ詩は複雑な二重性を呈し、デカブリストたちの潰《つい》えた企図を惜しみ、それを受け継ごうとするような思想を表現した作品がある半面、新帝ニコライ一世にピョートル大帝のごとくあれと呼びかける詩など、周囲から権力への追従と受け取られる作品も書かれた。行動の自由を得る代わりに創作への枷《かせ》をはめられた形の彼は、詩「詩人」にかろうじて自恃《じじ》の心境をうたっている。それによれば、詩人とは、霊感のおとずれぬ間は何のとりえもない子供にすぎないが、いざ神の霊感を授かれば、目覚めた鷲のごとくに奮い立ち、王の前でも首《こうべ》を垂れることはないというのである。
二九年に彼はコーカサスに二度目の旅をし、ロシア軍に従ってトルコ領のエルズルムを訪れた。常に皇帝筋の監視下にあって移動の自由を奪われていた彼には、これが生涯で唯一の「外国」体験となった。この時期にカルーガ県の亜麻布製造業者の子孫で評判の美女ナタリヤ・ゴンチャローワに求婚し、三〇年に承諾を得る。結婚に先立つ三〇年九月、父から譲り受けたモスクワの東方六百キロのニジェゴロド県ボルジノ村を相続兼抵当手続きのため検分に訪れた際、コレラ禍で三か月の足止めを食った。「ボルジノの秋」と呼ばれるこの時期に、彼は創作欲の大きな高まりを覚えて、『エヴゲーニー・オネーギン』の最終部分、『ベールキン物語』、四編の小悲劇など、多くの作品を完成させた。

結婚から死まで

三一年二月に結婚すると、貴族学校《リツェイ》で過ごした思い出のツァールスコエ・セローに居を構え、秋には年俸五千ルーブリの九等官として外務院に復職する。ピョートル大帝史の執筆が主な任務で、そのため古文書局への出入りが許されたが、これは他の歴史ものの執筆にも有益な意味を持った。

ただし結婚生活はプーシキンにとって多大な経済的・心理的負担となった。贅沢で社交界好きな妻の機嫌をとるための出費と借財の増加は、この後プーシキンの恒常的な心労の種となる。妻の社交界での成功は猜疑心や嫉妬を生み、「寝取られ亭主」となることへの恐怖が、プーシキンの致命的なコンプレックスとなっていった。

一八三三年夏、プーシキンは、この年に書き始めた歴史小説『大尉の娘』のためにプガチョフの乱[1]の現地視察を行う目的で、ヴォルガ川岸のカザン（現タタールスタンの首都）と南ウラルのオレンブルグに赴いた。この帰途、十月に領地ボルジノ村に立ち寄って一月半ほどの充実した創作期を得た。三年前の「ボルジノの秋」にちなんで「第二のボルジノの秋」と呼ばれるこの時期に、物語詩『青銅の騎士』、小説『スペードのクイーン』、歴史書『プガチョフ反乱史』などが書かれた。

この年の末プーシキンは、宮廷の年少侍従という年齢不相応の屈辱的な職に任ぜられるが、彼はこれを、妻ナタリヤを宮中の舞踏会に招こうとする皇帝筋の企みと理解して、深く根に持つ。これは翌年まで尾を引き、一八三四年には皇帝に退職願を書いて後に撤回し、詫び状を書かされるという道化的な一幕まで演じる羽目になった。彼はこの後も『金の鶏の話』『大尉の娘』などを書き、意欲的な文芸雑誌『同時代人』の編集を行うが、創作の霊感は世俗の心労に妨げられることが多かった。その最たるものが、ペテルブルグの社交界に忽然と現れたフランス人ジョルジュ・ダンテスが妻ナタリヤにしつこく求愛するという出来事で、妻の側の対応の曖昧さもあって不倫まがいのスキャンダルとなったこの事件は、プーシキンのプライドを大いに傷つけた。一八三六年十一月、プーシキンを「寝取られ男騎士団員」に任ずるという中傷文書が複数の友人の元へ届けられるに及んで彼はダンテスとの決闘を決意。このシナリオはダンテスが妻の姉エカテリーナと結婚することでいったん回避されるが、翌年一月にダンテスがナタリヤと密会するに及んで確執が再燃した。結局一月二十七日に決闘が行われ、腹部に致命傷を負ったプーシキンは、苦悶の末二日後に亡くなっている。

1　一七七三年に起こった大規模な反乱。首謀者のエメリアン・プガチョフはコサックの出身で、自ら皇帝ピョートル三世を僭称し、下層コサック、農民、非ロシア人住民などを組織して、ドン川流域、ヴォルガ川中・下流域、ウラル地方などに大きな勢力を張った。プガチョフは七四年に逮捕され、七五年初めに処刑されたが、各地の農民反乱は同年夏まで続き、エカテリーナ二世の政府に大きな危機感を与えた。

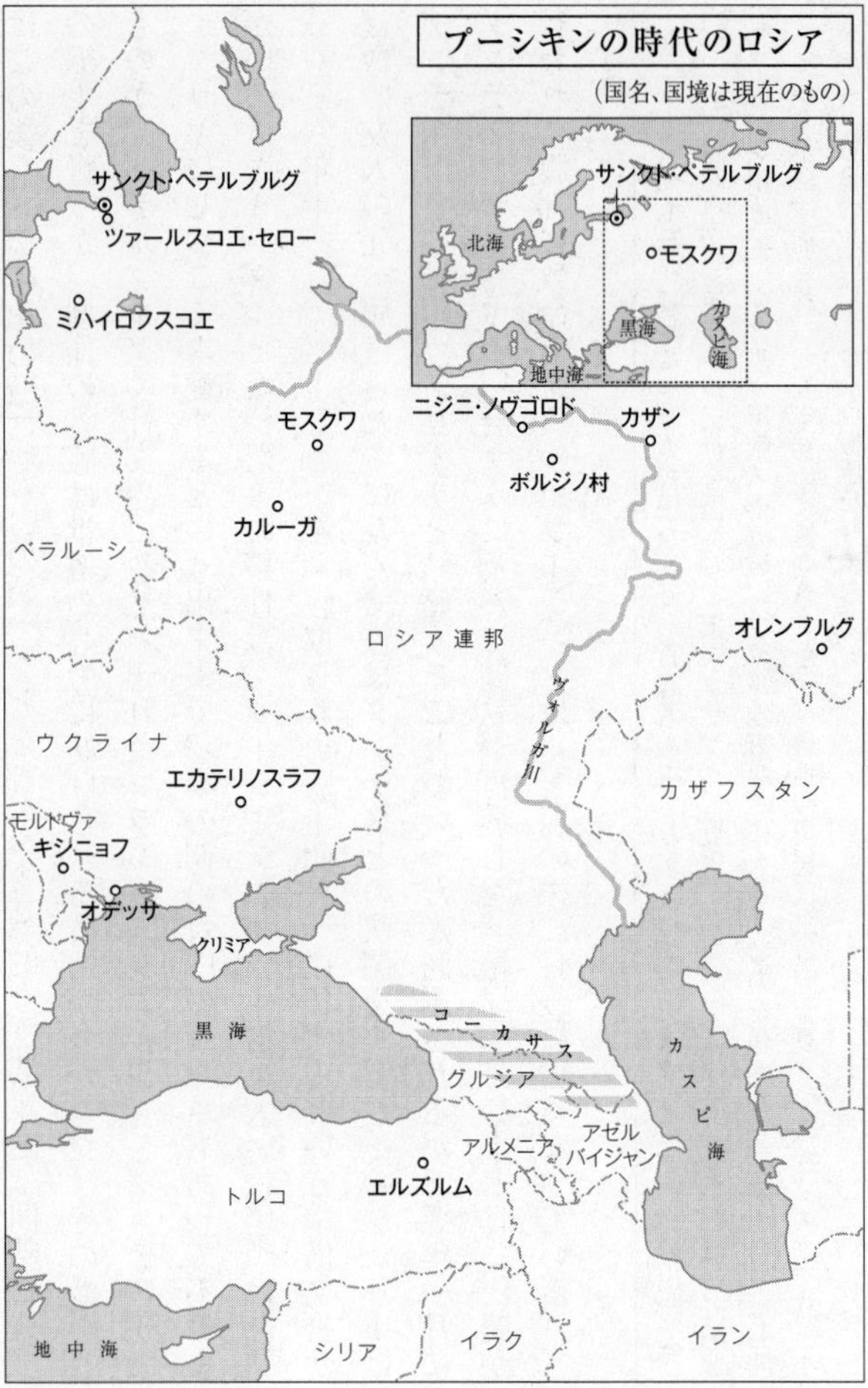
プーシキンの時代のロシア
（国名、国境は現在のもの）
サンクト・ペテルブルグ
北海
モスクワ
黒海
カスピ海
地中海
サンクト・ペテルブルグ
ツァールスコエ・セロー
ミハイロフスコエ
モスクワ
ニジニ・ノヴゴロド
カザン
ボルジノ村
カルーガ
ベラルーシ
ロシア連邦
オレンブルグ
ヴォルガ川
ウクライナ
エカテリノスラフ
カザフスタン
モルドヴァ
キシニョフ
オデッサ
クリミア
黒海
コーカサス
グルジア
カスピ海
アゼルバイジャン
アルメニア
エルズルム
トルコ
地中海
シリア
イラク
イラン

二　作品解説

（一）『スペードのクイーン』について

秘密の知恵と賭博熱

『スペードのクイーン』が書かれたのは一八三三年の秋。先述の通り「第二のボルジノの秋」と呼ばれる六週間ほどの期間に、『青銅の騎士』などとともに集中的に書かれた。ちなみに、『青銅の騎士』は『スペードのクイーン』と同じくペテルブルグを舞台としており、ともに運命、死、狂気のテーマを扱っている点で、ペアとして考えられることも多い。『青銅の騎士』が大洪水のペテルブルグを舞台として、自然の諸力と英雄の打ち立てた都市との対決を描くのに対して、『スペードのクイーン』の世界はカードテーブルの上の小世界、対決するのは開かれるカードを決める偶然の力と、それを読み当てようという人間の欲望である。しかし規模の大小は別にして、両者とも不条理な外部の力を合理の言葉に翻訳し、支配しようという文明人の野心をテーマとし、それが小さな人間の精神を狂わせる様を描いている。自然の営みの論理を解明し、未来をも予測しうる秘密の知恵があるはずだ――それが作中にも言及されるサン＝ジェルマン伯爵、カサノヴァ、スウェーデンボルグなどにまつわる錬金術、魔術、交霊術など、隠秘なる諸学のもとにある発想だった。

莫大な富や権力に結び付く秘密（暗号、呪文、数列……）を知る存在（隠者、怪物、霊……）とその知恵を求める青年という組み合わせは、魔法・冒険物語や神秘小説の定型だが、『スペードのクイーン』ではその骨子《こっし》が、アンナ・フェドートヴナ老伯爵夫人のモデルの一人であるナタリヤ・ゴリーツィナ公爵夫人（一七四一〔四三〕～一八三七）に関する噂話から拾い上げられている。プーシキンが同公爵夫人の孫から聞いた話によれば、夫人は昔パリに暮らした時期にサン＝ジェルマン伯爵から三枚のカードの秘密を伝授されていて、孫は一度カード賭博で負けた際に、祖母から聞いたその秘密を使ってしのぐことができたという。作品の冒頭でトムスキーが語る逸話の原型である。

こうした神秘的なエピソードがリアリティを得る背景には、プーシキン自身の経験がある。結婚前の一八二〇年代後半をピークとして、プーシキンはカード賭博に熱中した時期が長く、時には自分の経済規模を大きく上回る金を賭けていた。イアン・ヘルファントの研究（参考文献④）によれば、プーシキンの経験した大きな勝負は少なくとも三十五回（その半数が一八二七年から二九年にかけて）で、うち負けが二十一回、勝ちが十一回、不明が三回、負け金の総計が八万ルーブリ、勝ち金は七千ルーブリと推測される。一回の負けの最大は、一八二九年に名うての賭博師アゴーニ・ドガノフスキーを相手にした二万四千八百ルーブリだった。金の単位も貨幣流通の規模も今とは違うので、これがどのくらいの金額なのか単純には推測できないが、プーシキンが一八三一年に九等官として外務院に復職したときの年俸が五千ルーブリだったことからして、賭博の負債の大きさが想像できよう。こうした負債は、時には作品の原稿（の一部）によって弁済された。

勝負の種目は『スペードのクイーン』と同じ、駆け引きや計算の要素が少なくて運一本やりのファラオ（シュトス、ファロ）だったので、「三枚の勝ち札」の知恵が心理的リアリティを持つばかりか、時には喉から手が出るほど知りたいと思う要因は大きかっただろう。ただし貴族の矜持《きょうじ》を持つプーシキンにとっては、賭けの目的は金を稼ぐこと自体にはなかった。ユーリー・ロートマンが解説しているように（参考文献

⑤)、偶然に翻弄される賭け事とは、渾身《こんしん》の力でリスクに立ち向かい、勝利も敗北も平然と受け入れる高級な快楽であるとともに、ちょうど決闘と同じように、抑圧的な社会にあって個人の自由な選択や裁量が保障される、数少ない自己発現の舞台でもあった。「規律正しい国家体制」の諸原則と、実際の社会を貫く恩寵やえこひいきといった恣意的な原理の交錯が、社会自体を一つの偶然のゲームとしていたとすれば、賭博はそれに対抗するもう一つのゲームだった。一枚のカード（＝偶然）に大金を賭けてリスクを勝利へと結びつけようとする賭博者は、不可知の運に意志の力で対抗しようとする雄々しい闘士である。賭博熱は決してプーシキン個人の抱えていた特殊な問題ではなく、時代の精神の兆候であり、決闘と同じく公的には禁じられていながら、多くの貴族がそこにこそ生命の燃焼の場を見出していた。賭博の場は人間の真価を問われる自己表現の舞台であって、だからこそ、勝負の負債は何をおいても清算しなければならなかったのだ。

主人公像と作品解釈をめぐる問い

ただしプーシキンが小説の主人公に選んだのは、自分のように運否天賦《うんぷてんぷ》の賭けや向こう見ずな決闘をライフスタイルとするような貴族ではなかった。主人公ゲルマンは、ドイツ人移民の父からささやかな財産を受け継いだ実務系の工兵将校《エンジニア》で、「計算と節度と倹約」をモットーとしながら、他人の勝負に熱いまなざしを注ぐような、二面性をもつ青年であった。「ナポレオンの風貌とメフィストフェレスの心を備えた男」と評されるこの人物は、勝ちカードの秘密のエピソードに触れて、地道な努力による立身という目標を捨て、たとえ罪を身に引き受けても富と幸福を手に入れようと決意する。この怪物的青年に薄幸の養女リザヴェータを絡ませることで、プーシキンは魔法民話や神秘小説の構造と、近代社会における富・自尊心・権力のテーマとを結びつけた。十九世紀で言えば、ホフマンの『悪魔の霊液』からスタンダールの『赤と黒』、バルザックの『あら皮』などを経て、ドストエフスキーの『罪と罰』『賭博者』『未成年』などへと至るルート上に、この作品は位置する。

『スペードのクイーン』はテーマばかりでなく、そのスタイルにおいても関心を呼んできた。場面描写、会話、エピソード、内面描写を織り交ぜて、スピーディーに物語を展開する叙述の妙、映画を思わせる視点転換や場面割りの冴え、サスペンスや中断法の効果など、様々な点で短編小説の手本と評される。とりわけゲルマンが老伯爵夫人の家に忍び込んだ一夜の出来事や、死んだはずの夫人が深夜に主人公の部屋を訪れる場面などは、迫真的な細部描写と様式化された枠組み、現実感と幻想感覚が境を接した、玄妙な構造になっている。鳥山祐介のようにこうした場面に十八－十九世紀の擬似光学装置（カメラ・オブスキュラやファンタスマゴリア）との関連を見る者もいる（参考文献⑥）。ドストエフスキーがこの作品に見出した魅力も、幻想が現実と表裏一体になっていて、幻想体験が主人公の内面で完結しているのか、それとも実際に別世界との接触が経験されたのか、いずれとも判断できがたく描かれている点にあったのである。[2]

発表の直後から『スペードのクイーン』は解釈や評価の方法をめぐる議論を生み、その流れは今日にまで及んでいる。単に不思議な味のエンターテインメントとして満喫するのが正解かもしれないが、詮索好きな評者たちは、ドストエフスキーが賞讃した幻想と現実の表裏一体感という特徴を、さまざまな二者択一風の問題として展開してみせる。すなわち、作者の描こうとしたのはリアルな物語なのかファンタジーなのか、心理学や病理学などで合理的に説明できる世界なのか、それとも何かの隠秘《いんぴ》な知恵によってしか理解できない、闇の領域なのか……。

この種の議論の具体的な入り口は、たとえばセルゲイ・ダヴィドフが掲げる次のような三つの問いである。すなわち、(1)主人公ゲルマンが手に入れた秘密の賭け札の番号「3－7－1（A）」は何を表象しているのか、(2)ゲルマンは（もしも霊界からのメッセージでなかったとしたら）どうしてこの数字を知り得たのか、(3)ゲルマンは勝つはずの札を知りながら、どうして最後にエースではなくクイーンを選んで敗れたのか、単なる偶然でなければ、その含意は何なのか、というものである（参考文献⑦参照）。

文学の読者としてはあまりにも素朴な問いに聞こえるかも知れないが、しかしこのようないわば初歩的な疑問が、時としてきわめて興味深い作品の一面を掘り起こしてくれることも事実である。以下、いくつかの解釈の例を紹介してみよう。

数の秘密と賭けの法則

「3－7－1（A）」というゲルマンの数列については、他者の作品からの借用という観点からも説明が試みられている。たとえば、プーシキンと同時代の作家フョードド

2　ドストエフスキーのＪ・アバザー宛書簡（一八八〇年六月十五日付）。

ル・グリンカの詩「トヴィイの結婚の宴」（一八二八）で、父親が新婚の息子に「もらえる金が少なかったら、息子よ、三倍にも七倍にも増やすんだ」と言い聞かせる場面や、ドイツ作家カール・ホインの小説『オランダ商人』（一八二五年ロシア語訳）の主人公が、ゲルマンと同じく3と7に賭けてひと財産稼ぐシチュエーションなどが、直接の借用の可能性がある源泉として指摘されている（参考文献⑧）。

しかし、賭け事に詳しい読者にとっては（作家のナボコフもその一人だが）、3と7はゲルマン自身の頭の中から出てくるべき、必然の数字である。ファラオのように、勝てば賭け金と同額の配当が得られる単純ゲームでは、配当を賭け金に上乗せしてゲームを続けるという原則で三連勝すれば、プレーヤーの資金の動きは二倍、四倍、八倍となる。そこから元金を引けば、1－3－7……（＝2のn乗マイナス1）という数列が得られる。幾夜もカードに手を触れぬままゲームテーブルを見つめていたゲルマンの脳裏には、この数列が刻まれていたはずだというのである（参照文献⑨など）。

事実、主人公はまだ伯爵夫人へのアプローチを開始する前、ちょうど犯行前のラスコーリニコフ（『罪と罰』）のような自信と懐疑の相半ばする状態で、次のように漏らしている。

「もしもかの老伯爵夫人がこの俺に秘密を打ち明けてくれたら、つまり三枚の必勝カードを伝授してくれたら、俺はどうするだろう！　もちろん自分の運を試してみるだろう……。ここはひとつ夫人とお近づきになって、夫人の寵を得ることだ。何なら愛人に収まったっていい。ただし何をするにも時間がいる。ところが相手は八十七歳の年寄りで、一週間後には、いや明後日にでも死んでしまうかも知れないのだ！……それにあのエピソードそのものはどうだ？……あんなことが信じられるか？……いやいや、計算と節度と勤勉――それこそが俺の必勝カードであり、それこそが俺の原資を三倍にも七倍にも増やして、平安と自立を実現してくれるのだ！」（第二章）

もちろんここにあるのは3－7ない し1（A）－3－7という数列であって、3－7－1（A）ではない。1ないしA《トゥース》はどこに行ったのかをめぐる一連の議論もあって、中には右の台詞《せりふ》の最後にある「自立」をそれに見立てる者もあり、またゲルマンが目指している金持ちが、すなわち「大物《トゥース》」だという語呂合わせの解釈に走る者もいる。

いずれにせよ、この方向で考えるならば、ゲルマンは老伯爵夫人の亡霊に教わるまでもなく、自分の頭の中から秘密の数列を引き出しえたという理屈が成り立つかもしれない。

フリーメイソン、カバラ、デカブリストの暗号

別の種類の読者にとっては、ゲルマンの数列は賭けの配当の論理で説明しつくされるものではない。その意味は、この作品の背景に想定されるフリーメイソンのシンボル体系、さらにその鍵となる数秘術《ヌメロロジー》の文脈でこそ解明されるものだというのである。

そうした議論の前提として、例えばハリー・ウエーバーの語る作品のフリーメイソン的背景は興味深い（参考文献⑩）。そもそも一八一〇年代から二〇年代初めのロシア貴族や職人・商人社会において、フリーメイソンへの入会はごく普通の出来事であり、プーシキンの身内や友人も少なからず関係していた。プーシキン自身、南方追放の時代にキシニョフでフリーメイソンの会に加わっている。『ベールキン物語』の「葬儀屋」にフリーメイソン式のノックが出てくるのと同じように、『スペードのクイーン』にフリーメイソン臭が感じられるのはそうした事情から当然なのだが、その顕著

な指標の一つとして、固有名詞の問題が指摘される。すなわち作品の登場人物名チャプリツキーとチェカリーンスキーは、それぞれロシア・フリーメイソンの支部《ロッジ》の創始者として記録されるチャプリック、チェケレフスキーの名をもじったものであり、また狂気のゲルマンが入院するオブーホフ病院の実際の院長エリゼンは、一八一四年のロシア・フリーメイソンの分裂の契機となった大立者《おおだてもの》だったという。ウエーバーの議論の中心は、ゲルマンが秘術の伝授を受けようとして老伯爵夫人の部屋に忍び込んでから両者が対決するまでのシーンが、フリーメイソンの入会儀式の一部とされている「ヒラム殺害の伝説」[3]を模しているというものである。

同じくフリーメイソンと薔薇十字会を媒介として、作中にも言及されるヨーロッパ圏の神秘主義的人脈（サン＝ジェルマン、カリオストロ、スウェーデンボルグ）をロシアの土壌に結びつけるローレン・レイトンのような研究者もいる。レイトンの興味深い成果の一つは、作品のテクストに暗号解読の手法を応用した結果、デカブリストの乱

3　ヒラムはソロモン神殿を建設した棟梁。伝説では、彼は職人たちを三階級に分けたが、これに反発した下位階級の者によって殺害され、後にソロモン王の力で再生させられた。（マンリー・P・ホール『秘密の博物誌』［人文書院］参照）

を率いて処刑されたフリーメイソンの詩人コンドラーチー・ルィレーエフの名が、何箇所にも隠されているのを読み取ったことにある（参考文献⑪）。ルィレーエフはプーシキンが作品第一章のエピグラフとした賭博者の戯れ歌（「天気の悪い日は……」）の元となった煽動歌の作者であり、レイトンの驚嘆すべき暗号解読を信ずるならば、作品の奥には強烈な政治的怨嗟《えんさ》のメッセージが隠されていたということになる。

別の論文でレイトンは、数秘術《ヌメロロジー》の立場から、作品の数大系を総合的に読解しようとしている（参考文献⑫）。その着眼点は、3、7をはじめとする「カバラ的秘数」から見たプロットや叙述の構造（たとえば小説全体が七つの部分からなり、それぞれが三つのプロット単位を含む）、キーワードの反復法（たとえば3の数は3×7＝21回登場するなど）、文体論（「偶然だよ！」「作り話さ！」「ありうるさ、いかさまカードだろう？」「それはないな」といった3＋1構造）、意味とテーマのリンク（物語全体で三人物が計三回、三枚のカードに賭けるなど）と、多岐にわたっている。詩人として数のパターンに鋭敏な神経を持ち、また迷信的なカード占いの信者だったプーシキンが、フリーメイソン的な数秘術《ヌメロロジー》にも精通し、作品に応用していたという説は、一考に値するだろう。

サン＝ジェルマンとファウスト伝説

では総じて野心家ゲルマンはこの神秘的な物語の中でどういう役割を果たし、老伯爵夫人の教えを受けた彼がチェカリーンスキーと対決する最後のゲームは、はたして何を表象しているのか。

この関連で精神分析学を経由した実験的な読みの参考例を示しているのが、たとえばシュヴァルツたちの論で、彼らの「診断」によれば、ゲルマンは性的な不能者である。すなわち不能の兆候を自覚した上で、ギャンブルを通じて自らの父権を確立しようとしている、問題含みの青年だというのである（参考文献⑬）。一方、主人公たちの世代関係と性的関係を深読みするダイアナ・バーギンの興味深い説によれば、伝説の中で伯爵夫人がチャプリツキーという人物一人にカードの秘密を伝授したのは、この人物が夫人とサン＝ジェルマンとの間にできた子供で、しかも長じて夫人の愛人となった存在だったからだという（参考文献⑭）。この禁断のにおいのする家族関係に抗いがたい魅力を覚えたゲルマンは、自らもそこに参入しようとしながら果たせず、狂った心の中にその代替物を作っていく。この種の読解によれば、ゲルマンは神秘的な出来事に遅れてきた外部の人間であり、真の物語は彼の関与以前に完結しているのである。

こうした精神分析論に対して、この小説にファウスト伝説の要素を読み取ろうとするアンドレイ・コジャックは、秘密のカードの伝授にまつわる複雑で神秘的な人間関係を、役割の多重の代替、受け渡しとして図解してみせる（参考文献⑮）。彼が前提とするのは、カードの秘密の伝授は、ファウストがメフィストフェレスに対してなしたような、魂の売り渡し的な契約を伴うということであり、物語中のサン＝ジェルマンと老伯爵夫人および老伯爵夫人とゲルマンの間には、それぞれファウスト的契約関係が成立しているということである。もう一つの前提は、ゲルマン（Germann）が名の連想から、老夫人に対してサン＝ジェルマン（Saint-Germain）の役割を果たしうるということである。

ゲルマンが老伯爵夫人の部屋に忍び込んだ運命的な夜に、彼は夫人に対して三重の役割を担っていた。すなわち、(1)夫人の契約相手たるサン＝ジェルマンの代理人、(2)彼女の命を奪う死の天使、(3)メフィストフェレスから秘教的な知恵を譲り受けようとするファウストのように、夫人に魂を売る弟子の役である。夫人ははじめ、深夜の客をサン＝ジェルマンと誤解して驚く。

突然その死んだような顔がいわく言い難く変貌した。唇の動きが止まり、目に活力がよみがえる。伯爵夫人の前に見知らぬ男性が立っていたのだ。(第三章)

コジャック風の読みによれば、夫人の驚きとおびえは彼女が契約侵犯の罪を自覚していたことをうかがわせるものだが、その推測は次のやりとりでさらに補強される。

「あれは冗談だったのよ」夫人はついにそう言った。「本当よ! 冗談だったのよ」

「冗談などではありません」ゲルマンは怒った口調で言い返した。「チャプリツキーのことを思い出してください。あなたはあの男に負けを取り返させてやりましたね」

伯爵夫人は見るからにうろたえていた。その表情は激しい精神の動揺を映していたが、しかしやがてまた先ほどと同じ放心状態に陥っていった。(同前)

サン＝ジェルマンとの契約とその侵犯（かつてチャプリツキーに謎を漏らしたこと？）に対する裁きはここで終わり、次には新たにメフィストフェレス（すなわちサン＝ジェルマン）役となった無言の老夫人と、ファウスト役のゲルマンとの一方通行の会話が行われる。「僕はあなたの罪をわが魂に引き受ける覚悟があります」という約束の言葉とピストルの威嚇に、老伯爵夫人は何も答えぬまま死んでいく。そして後に、深夜のゲルマンの部屋に夫人の霊が現れ、サン＝ジェルマンの代理人のような口ぶりで、カードの謎と契約条件を告げるのだ。

「本当はお前のところに来たくはなかったんだよ」夫人ははっきりとした声で言った。「でもお前の願いをかなえてやれと命じられたんだ。3《トロイカ》、7《セミョルカ》、エース《トゥース》――そう続けて張れば、お前は勝てる。ただし一昼夜に一枚のカードにしか賭けてはいけないし、そしてこれが終わったら生涯勝負事をしてはいけないよ。私を殺したことは許してあげよう。ただし、お前が私の養女リザヴェータ・イワーノヴナと結婚するのならね……」（第五章）

ゲルマンは間接的にサン＝ジェルマンからカードの秘密を授かり、代償として老伯爵夫人の罪を引き受けた――全体としてそんな風に読める。

賭けの結果――錯誤あるいは必然？

ではゲルマンの勝負の結果は何を意味しているのか？ この素朴で重要な問いにも、人々は様々な答えを用意してきた。ゲルマンが必勝のカードの配列を知りながら、最後に賭けるカードを間違えたのはなぜか？ 一番単純な答えは幻覚に見舞われた主人公の「勘違い」（参考文献⑯）であり、即物的な答えが「生乾きの新品カードが二枚くっついていた」（参考文献⑰）という身も蓋もない説明である。もちろん王道的な回答は、リザヴェータとの結婚を条件として手に入れた秘密を、ただ利己的な目的に利用しようとするゲルマンに対する死せる伯爵夫人の（あるいはサン＝ジェルマンの）処罰という理解、あるいは自己の犯罪に対する秘められた罪悪感が演じた自己処罰（参考文献⑱）という意味づけだろう。たとえば伯爵夫人の家に忍び込んだ夜、ゲルマンはリザヴェータの指図通り左手のドアから彼女の部屋に通ずる階段へと向かわず、右手のドアから夫人の奥部屋に入るが、この「誤った」選択に、すでに彼の敗北が内在していたのではないか……。

前出の数秘術《ヌメロロジー》の使い手レイトンは、ゲルマンの選択の意味についてもユニークな主張をしている。それによれば、カバラの文脈で意味を持つ数列は、3－7－1よりもむしろ3－7－12である。合計22となるこの数列は、ヘブライ語の22の文字およびその下位分類（3つのマザーレター、7つのダブルレター、12のシングルレター）との関連で意味を持ち、ユダヤの迷信ではこの数列を繰り返し唱えることで、悪霊を追い払うことができるという（参考文献⑫）。この説によれば、『スペードのクイーン』の勝負では、主人公は間違った神秘数（3－7－1〔A〕）を信じながら、誤って正しい数（3－7－12〔Q〕）に賭け、しかも敗れたという皮肉なことになる。

さらにはローゼンシルドのように、勝負の結果をゲルマンの失敗とは認めない立場もある。その論理によれば、偶然に対するリスクに満ちた投機である賭けこそが自由のメタファーであり、その賭けを3－7－1（A）という結末のわかった物語（いわば投資）に還元してしまうことは、自由と創造的な生の否定である。ゲルマンはあえて決められた結末（1〔A〕）を捨てることで、小心翼々たる平凡な生の代わりに、自由と狂気を選んだのだ（参考文献⑲）。

こうした議論は改めて、ユーリー・ロートマン流のカードゲーム論を想起させる。それによればファラオとは「人間」対「外的世界」の対決を理想的にモデル化したゲームであり、それゆえに勝ち負けの確率は対等ではない。外的世界が無限の時間を持ち、いくらでもゲームを更新できる以上、人間は最後には必ず敗北する。しかるにゲルマンのような人間は、その非条理な賭けの世界に数学やカバラ学を持ち込み、偶然の王国から偶然を追放しようとする。つまりリスクに満ちた投機の代わりに確実な投資ゲームを演じ、勝とうとする。しかしそのときゲームをしているつもりの彼が、実際にはゲームにもてあそばれているのだ。ゲルマンの失敗も狂気も、自分が行っているゲームの本質を誤解したところに生まれたのである（参考文献⑳）。

オープン・エンド？

このようなゲーム論をステップとして、最後に小説の解釈という行為自体への批判を含んだキャロル・エマーソンの『スペードのクイーン』論を概観しよう（参考文献㉑）。エマーソンによれば、プーシキンの小説は常に解決するべきパズルのように読まれてきた。社会学、精神分析学、数秘術《ヌメロロジー》……さまざまな方法がその目的に導入されてきた。そこで改めて問われるのは、そのパズルが誰に向かって仕掛けられ、誰がその謎解きゲームの主体として想定されているかという問題である。

すでに見た解釈者たちの多くは、小説に内在する主人公ゲルマンこそが謎のターゲットだと見なしている。すなわち作者が主人公を謎めいた事件で取り囲み、数秘術《ヌメロロジー》を連想させる暗号を投げかけると、計算高い技術者ゲルマンが必死にその謎に取り組み、失敗するという構図である。

しかしエマーソンの主張によれば、謎を仕掛けられているのはゲルマンよりもむしろテクストの外部にいる読者である。その証拠に、読者・研究者はこぞって謎解きに熱中し、しかも誰ひとり最終的な解に到達し得ていないし、作者の意図を確定することもできていない。それは本来この作品にちりばめられているさまざまな謎めいた細部が、単一の絵や建物を組み上げる全体の各部分としては設計されていないからだ。それは何かの規則に沿った暗号でもなければ、全くのでたらめでもない。まさに何らかの全体を想像させる暗号らしきものの断片として、いたずらに読者の解釈欲をそそりながら、彼らをどこにも連れてゆかない。

エマーソンの解釈によれば、プーシキンの意図はまさに全体を一つの鍵で解こうとする読者の志向をからかうことにある。なぜなら、ロートマンが語るように、一定の解をもたない偶然性、不確定性こそが外的世界の本質であり、それを模したファラオ・ゲームの原理でもあるからだ。そして結局作品自体が示すように、真の秘密があるとすれば、それに関与できるのは、普遍的な解を求めようとする計算高い人間ではなく、偶然を受け入れ、チャンスに賭ける、本物のギャンブラーなのである。

「あれは冗談だったのよ」という死ぬ前の老伯爵夫人の言葉こそ、エマーソンにとって作品の鍵である。すなわち作品を支配しているのは、あらかじめ決定された正解を持つ謎かけゲームの論理ではなく、非体系的で即興的で、状況次第で正解にも誤解にも結び付くような、ジョークの精神である。プーシキンは自分の小説群を通じて、世界にシステムを求めるような精神をからかってみせた。歴史小説では過去に、現代物では未来に、それぞれシステム志向を投影し、世界の謎を解く暗号を知ろうとする人間の営みが描かれる。しかし結局は、ゲルマンがエースとクイーンを取り違えたように、現実はたえず人の選択を裏切るのである。

エマーソンの読解は明らかにプーシキンの軽やかでいたずら好きな、音楽的な精神のどこかに触れていて、まじめな謎ときに熱中する文学読者の悲しい性《さが》をやさしくからかってくれる。とはいえ、エマーソン的な解釈を唯一無二の正解として受け入れてしまうならば、それこそ世界の無限な可変性とあらゆるものの不確定性を許容するギャンブラーの精神に反することになるだろう。さまざまな先人読者の証言や助言に耳を傾けながら、我々はまた自分なりの仕方でプーシキンのテクスト自体に向かい合い、謎めいたストーリーの意味を解くゲームにふけるほかはないのだ。

読者の勝負の幸せな結果を祈りたい。

(二)『ベールキン物語』について

連作『ベールキン物語』は、先述のとおり一八三〇年の実り多い「ボルジノの秋」の、九月九日から十月二十日までの短期間に集中的に書かれたもので、詩人プーシキンが初めて完成させた散文小説でもあった。ちなみに創作順は最終的な編成とは違っていて、「葬儀屋」「駅長」「百姓令嬢」「射弾」「吹雪」の順だった。[4]直後に書かれた小悲劇四部作が概《おおむ》ねヨーロッパの伝説や文学作品に想を得ているのに対して、『ベールキン物語』の題材はプーシキン自身が生きてきたロシアの近過去の出来事で、一八一二年の祖国戦争の前後を頂点として、十九世紀初めから一八二五年のデカブリストの乱の前夜くらいまでをカバーする時間構成になっている。作者役のベールキン氏は、一八二八年に三十歳で早世したという設定である。

軍人上がりの貴族同士の決闘にまつわる因縁話（「射弾」）、ロマンチックな駆け落ちのシナリオが天候と気まぐれに翻弄される物語（「吹雪」）、死人の群れが棺桶職人を訪れる悪夢譚《たん》（「葬儀屋」）、一人娘に去られた老駅長の悲話（「駅長」）、家同士の争いと変装が絡む地主貴族の娘のロマンス（「百姓令嬢」）と、物語のジャンルにも構想にもばらつきがある。登場人物の属する社会層や教養のレベルも、作品ごとに隔たっている。ただし、どの作品にも運命の皮肉のトーンが聞こえ、人間の意志と天の配剤との間の計り知れない落差が暗示されている。また「葬儀屋」を例外として結婚のテーマが通底しており、おおむね幸福な結末を迎えるが、幸せなカップルの背後には不運な犠牲者が隠れている。

4　出版者による序文の注では、原話者の紹介のためにさらに別の順序がとられ、「駅長」「射弾」「葬儀屋」「吹雪」「百姓令嬢」となっている。

こうした差異と共通性を併せ持つ彩り豊かな作品群を、架空の作者ベールキンの手になる一つの物語集として世に問うたプーシキンの意図は何か？ ベールキンとは何者であり、彼の存在は作品群に何を付け加えているのか？ 別の言い方をすれば、どういう角度から読めば、一定の世界感覚と主題意識をベースとした、ひとつながりの作品群として味わうことができるのか？

作品の読み方に関するこうした問いは、作者の同時代の読者たちが直面したものであり、また二十世紀以降の文芸論が取り組んできたテーマでもあった。現代世界でどのような読み方がなされているか、参考のために若干の典型的な例を瞥見《べっけん》してみよう。

個と世界をつなぐもの――「家」のテーマから読む

個人にとって最小限の社会であり、また外部社会から護ってくれる砦《とりで》でもある「家」は、近代小説の重要なテーマである。それはまた、父母との親密な関係に恵まれぬまま成長し、三十歳にして結婚を目前にした作者プーシキンにとっても、きわめてアクチュアルなテーマだった。「家」の主題を鍵としてこの連作を読み解くことは、理にかなっている。

郡伸哉の『プーシキン　饗宴の宇宙』（参考文献㉒）はそうした読みをまっすぐに貫徹した例で、郡によれば五つの短編は「家」をテーマとした変奏曲《バリエーション》である。すなわち、「射弾」は家庭の幸福を脅かすロマン主義的暴発の力を、かろうじて妻が食い止める話である。祖国戦争を背景とした「吹雪」では、吹雪に託された神意の力が、恋愛・結婚という個人の経験と、戦争という集団の経験とを関係づけ、「家」を介して人間を世界に結びつける作用をしている。「駅長」は家庭の崩壊の話だが、その背後には「家」を世界に対して閉じようとする老父の志向の破綻がある。「百姓令嬢」では、地主娘が変装の力を借りて、家と家、貴族と農民を結びつける仲介者となる。連作の中央におかれた「葬儀屋」は、棺や墓のイメージを媒介に「家」のテーマを「家系」という永続的な概念に結びつけ、さらに永遠に関わる職業という点で、葬儀屋と詩人を等価視する契機を持つ。

郡の読解は、恋愛・結婚・家庭という個人的で牧歌的なテーマが、センチメンタリズムやロマン主義などの時代思潮や、戦争などの集団的経験、世代や階層などの社会関係、家系や死後の世界をめぐる時間的想像力と結びつき、最終的に生の賛歌とも言うべき「饗宴」を現出させる様を描き出してくれる。

四季折々の物語──ジャンルと季節の関係論

『ベールキン物語』の各作品は、それぞれ何らかの文学様式を模して書かれているように見えるので、そうした観点から相互関連や連続性を推測するのも面白い。リチャード・グレッグの論文「四季のスケープゴート──『ベールキン物語』のまとまりと形」(参考文献㉓)は、そうした読みの一典型を示している。

グレッグの読みのベースをなしているのは、かつてノースロップ・フライが『批評の解剖』で提示した神話論で、それによればすべての物語はロマンス、悲劇、アイロニー、喜劇という四つの物語祖型《ミュトス》のいずれかに還元される。さらに、それぞれの物語祖型《ミュトス》は関連する季節を持っている。すなわちロマンスは夏と、悲劇は秋と、アイロニーは冬と、喜劇は春と、それぞれ相性がよいとされる。これを応用したグレッグの仮説によれば、『ベールキン物語』のラインナップは次のように性格づけられる。

「射弾」──ロマンス。二度の決闘場面が初夏を暗示しており、葛藤の設定、白黒二元的な人物造形、悪魔退治的要素など、ロマンスジャンルの類型に符合する。

「吹雪」──アイロニー。季節は当然冬、登場人物像はセンチメンタル小説の典型をアイロニカルに強調したもので、最後の落ちも皮肉な転倒を含んでいる。

「駅長」——悲劇。語り手がヴィリンの墓を訪れる季節は秋。初めに幸福の絶頂にいた駅長が、不可抗力の運と自分の軽率さとの二重要因から不幸に落ちる。

「百姓令嬢」——喜劇。季節は夜明けが早くなる春、喜劇の常套である父親同士の対立、変装、和解、謎解きなどが揃っている。

以上を総合すると、プーシキンは黒白の明快なロマンスの世界から始めて、より複雑なアイロニーや悲劇の世界へと読者を誘い、最後に春の明るい和解へと導いているという結論になる。ではここに欠落している「葬儀屋」の役割は？　それは全体の物語展開に対する「幕間」であり、グロテスクでコミカルな「デュオニソス的」息抜きの役割をしている。グレッグの観察では、各ストーリーにスケープゴートとなる男性人物（シルヴィオ、ウラジーミル、ヴィリン、アドリヤン、ベレストフ）が用意されているが、この原則は出版者による序文をも貫いていて、不幸にして早世した作者ベールキンが第一のスケープゴートとして作品を飾っているのである。

モデルとそのずらし――パロディの詩学

同じく文学モデルに着目しながら、デイヴィッド・ベセアとセルゲイ・ダヴィドフは連作を「パロディの詩学」という観点から読み解いている（参考文献㉔）。『ベールキン物語』はかなり具体的なモデル作品群を下敷きにしており、主人公たちは文学類型に沿って思考し、行動しているようだ。「射弾」のシルヴィオはバイロン、ユゴー（シルヴィオの名は『エルナニ』の敵役シルヴァを連想させる）らのロマン主義小説の主人公を思わせ、「小説的想像力」に富む「吹雪」の主人公たちは、リチャードソン、ルソー、スタール夫人らの小説の感傷と冒険の世界に似合っている。「駅長」には別種のモデル、すなわち新約聖書の放蕩息子の寓話が登場する。「百姓令嬢」はロマン主義、感傷主義、教訓物語の混合形態である。

ただしプーシキンはそれぞれのモデルを模倣するのではなく、むしろパロディの手法による「ずらし」を試みている。「射弾」の主人公たちの銃弾が、「カード」「帽子」「スイスの風景画」といったロマン主義的アイテムに命中し、最後にシルヴィオ本人がギリシャで「バイロン的」な死を遂げるのも、ジャンルの自己パロディのメッセージと読める。「吹雪」で大吹雪が主人公を迷わせ、やがて戦死する運命に導く一方で、「吹雪《ブーリャ》」を連想させるブルミーンという名の代役を婚礼の場に導いて、センチメンタルな駆け落ち小説を謎の結婚をめぐるゴシック・バラードに変貌させるのも、ジャンルの換骨奪胎めいている。「駅長」では、新約聖書の放蕩息子の例に倣って淪《りん》落《らく》の運命をたどるはずの家出娘が、上品な貴婦人として帰還し、寛大に迎えるべき父が放蕩息子のような落魄《らくはく》ぶりを呈する（宿駅は象徴的に麦酒《ビール》屋に変貌している）。そもそもここでは、「放蕩息子」の寓話が、「迷える子羊」の寓話にすり替わってしまっているのだ。「百姓令嬢」にはそうした露骨なジャンルの破壊的加工は見られないが、ベセアたちによればそれはリーザやアレクセイが初めから文学モデルを超越した知恵と主体性を保持しているからだ。すなわち『ベールキン物語』とは、ロマン主義やセンチメンタリズムにとらわれる「青春の愚」を乗り越えて、自己の責任で行為する「成熟の知」に到達する者たちの物語である。

ベセアたちはこのテーマをさらに文学創作論として発展させ、プーシキンがこの連作を通じて、同時代のロシア文学における西洋文学への追随を批判し、新しい自国文学の創設を訴えているのだとみている。詳細は省くとして、連作を通じて作者が何人かの主人公の弔い手と別の主人公たちの仲人の二役を務め、同時にジャンルの破壊と新しい小説の創造という二つの事業に挑戦しているという見方は面白い。「葬儀屋」のアドリヤン・プローホロフのイニシャルA・Pは、連作の出版者に与えられたプーシキン自身のイニシャルと同じである。またアドリヤンが商売を始めた一七九九年は、プーシキン自身の生年であり、彼の製品である棺桶は、作中で「作品」と呼ばれている。すなわち、弔いつつ生む者として、葬儀屋と小説作者が同一のカテゴリーに見立てられているのだ。

ベールキンとは何者か？——第六の小説としての序文

プーシキンが一八三〇年の連作短編に架空の作者を想定し、あえて『ベールキン物語』としたことには、複数の理由が考えられる。一つは皇帝の検閲を回避しようという政治的な理由であり、もう一つは、自分を敵視する作家・批評家の目をくらまし、作品を先入観なしで読者に届けようとする「市場的」理由である。いずれにせよ、今は亡き作者ベールキンを紹介する隣人の手紙を主な内容とした序文、すなわち出版者からのメッセージは、多くの場合、架空の作者を作り出すための約束事として受け取られ、その内容自体は重視されなかった。しかし、中にはそこに書かれた内容を正面から受け止めたうえで、作品集の性格を決定する六番目の物語と位置付ける立場がある（参考文献㉕㉖など）。確かにそこには、架空の作者と作品の運命について、かなり興味深い物語を読み取ることができるからだ。そのような立場を最も過激に代表するのがアンドレイ・コジャックで、『プーシキンのＩ・Ｐ・ベールキン』と題した彼の研究書（参考文献㉗）は、序文から推測されるベールキン像を鍵として、作品全体のメッセージを、一八二〇年代の政治史のコンテクストで読み替えようとしている。

コジャックはまず序文にいくつかの謎や不整合を読み取り、三十三件にも及ぶ疑問を提示している。その眼目は、⑴発行者が誰からベールキンの手稿を受け取り、誰から作者の係累についての情報を得たか、といった情報の流れの曖昧さ、⑵発行者が隣人の手紙をそのまま掲載すると言いながら、自分の手で省略や注釈を加えている理由、⑶発行者の手紙の日付（十五日）、作者の隣人がそれを受け取った日付（二十三日）と隣人の返信自体の日付（十六日）の間に説明しがたい矛盾がある理由、⑷隣人が特にベールキンの軍歴（所属部隊、階級、退役理由）を曖昧にしている理由、⑸発行者がプーシキンと同じＡ・Ｐのイニシャルを持ち、なおかつ隣人の手紙の宛先がＡ・Ｐでない理由、など。すなわちこの序文が、いくつかの意図的な情報の欠落を伴った、暗号化されたテクストだとみているのである。

コジャックは作品の草稿の各版の比較や、作者プーシキンの伝記などをもとに、こうした欠落をありうる事実で埋め、ベールキンの人物像とその意味を推測していく。詳細は省くが、彼の導く結論は以下のようなものである。すなわちベールキンという人物は、プーシキン自身が南方追放時代の一八二〇年から二三年まで身を置いたベッサラビアのキシニョフにあった第十六歩兵師団に属する第三十二歩兵狙撃部隊に勤務していた。ベールキンが退役したとされる一八二二年にこの師団では、軍隊内の政治的陰謀を理由にプーシキンと親しかったウラジーミル・ラエフスキー陸軍少佐が逮捕され、続いて同じく友人のI・P・リプランディ大佐をはじめデカブリストの南方結社の関連・周辺人物たちが退役に追い込まれた。二三年には師団長のM・F・オルロフも、軍隊内の革命的プロパガンダを容認した咎《とが》で職を解かれている。コジャックによれば、若きベールキンの退役もこの事件に連座したにちがいない。すなわち、のちにデカブリストと呼ばれることになる改革派の将校集団に対する政治的弾圧史の一局面に遭遇したのである。

したがってそれは不名誉な退役であり、表向きの退役理由とされている父母の急逝は、実は逆に息子の退役がもたらした心労の結果だったかもしれない。こうしたことは、隣人の手紙におけるベールキンの所属部隊に関する奇妙な沈黙や、「一八二三年になる間際まで」勤務したといった表現の不自然な曖昧《あいまい》さの理由を、説明してくれる。また帰郷したベールキンのずさんな領地経営ぶりも、農奴解放を志向する進歩派の、農民への同情を反映した態度とみれば納得がいく。すなわちプーシキンは自分の代わりに改革派の元将校を作者に据えて、間接的にデカブリストたちが夢をはぐくんでいた時代の歴史を描いた。それは表面には出せない作為なので、詮索好きな検閲官の目をごまかさなければならないが、伝わるべき読者には伝えねばならない。

かくして作品の随所には、読む者が読めば一八二二年のプーシキンのキシニョフ体験がわかるメッセージがちりばめられている。「射弾」をベールキンに語ったという人物のイニシャルI・L・Pは、前記I・P・リプランディのイニシャルのアナグラムになっているし、シルヴィオ像はまさにリプランディをモデルにしたものとみてかまわない。シルヴィオが戦死したギリシャ独立運動を率いたアレクサンドル・イプシランティも同じキシニョフ時代の仲間である。「葬儀屋」には、やや唐突な形で「フリーメイソン式のノック」という概念が出てくるが、フリーメイソンのサークルもプーシキンのキシニョフ体験の一部である。「吹雪」で言及される「そして、頭巾を空に抛り投げた」という、グリボエードフ作『知恵の悲しみ』の、当時未出版だった一節も、プーシキンが同時期に人づてに知ったものだし、「百姓令嬢」でアクリーナに変装したリーザの識字教育の際に言及される「ランカスター・システム」は、逮捕されたラエフスキー陸軍少佐が師団に導入したものであった。

一八一二年の祖国戦争の共同体験を前面に掲げて、愛国的で牧歌的なロシアを描いた軽妙な物語群の背後に、一八二〇年代のデカブリスト予備軍の悲劇を読み取るコジャックの方法は、極めてトリッキーなものである。しかしそうした読みまでを可能にする奥行きや幅こそが、プーシキンの散文の持ち味だともいえよう。

『ベールキン物語』の「全体」を解釈する方法や立場は、ほかにもいろいろありうることは確かだが、その可能性の広がりを感じるには、ここに挙げた例だけでも十分だろう。読者にも、現代に見合った新しい読み方を発見していただきたいものだ。

参考文献

〈伝記資料〉

①　レオニード・グロスマン（高橋包子訳）『プーシキンの生涯（上下）』（東京図書、一九七八年）
②　池田健太郎『プーシキン伝（上下）』（中公文庫、一九八〇年）
③　アンリ・トロワイヤ（篠塚比名子訳）『プーシキン伝』（水声社、二〇〇三年）

〈作品論等〉

『スペードのクイーン』

④　Ian M. Helfant, "Pushkin's Ironic performance as a Gambler," *Slavic Review* 58, no. 2 (Summer, 1999).
⑤　ユーリー・ロートマン（桑野隆、望月哲男、渡辺雅司訳）『ロシア貴族』（筑摩書房、一九九七年）
⑥　鳥山祐介「プーシキン『スペードの女王』と光学劇場：「幻想性」のコンテクス

トをめぐって」『Slavistika14』（東京大学大学院人文社会系研究科、二〇一〇年）

⑦ Sergei Davydov, "The Ace in The Queen of Spades," *Slavic Review* 58, no. 2 (Summer, 1999).

⑧ Paul Debreczeny, *The Other Pushkin: A Study of Alexander Pushkin's Prose Fiction*, USA: Stanford UP, 1983.

⑨ Nathan Rosen, "The Magic Cards in *The Queen of Spades*," *Slavic and East European Journal*, vol. 19, No. 3 (1975).

⑩ Harry B. Weber, "*Pikovaja dama:* A Case for Freemasonry in Russian Literature," SEEJ, vol. XII, no. 4 (1968).

⑪ Lauren Leighton, "Gematria in *The Queen of Spades:* A Decembrist Puzzle," *Slavic and East European Journal*, vol. 21, no. 4 (1997).

⑫ Lauren Leighton, "Numbers and Numerology in *The Queen of Spades*," *Canadian Slavonic Papers* 19 (1997).

⑬ Murray and Albert Schwartz, "*The Queen of Spades:* A Psychoanalytic Interpretation," *Texas Studies in Literature and Language*, XVII (1975).

⑭ Diana Burgin, "The Mistery of *Pikovaja Dama*: A New Interpretation," in Joachim T. Baer and Norman Ingham (eds.), *Mnemozina: Studia litteraria russica in honorem Vsevolod Setchkarev*, Munich: Fink, 1974.

⑮ Andrej Kodjak, "*The Queen of Spades* in the Context of the Faust Legend," in Andrej Kodjak and Kiril Taranovsky (eds.), *Alexander Puskin: A Symposium on the 175th Anniversary of His Birth*, New York: New York Univ. Press, 1976.

⑯ Михаил Гершензон. Пиковая дама // Мудрость Пушкина (Избранное т.1). Москва, 2000.

⑰ Л.В. Чхаидзе. О реальном значении мотива трех карт в Пиковой даме // Пушкин: Исследования и материалы. М.-Л.: Изд. АН СССР, 1960.

⑱ В.В. Виноградов. Стиль Пиковой дамы // Пушкин: Временник Пушкинской комиссии. М.-Л.: Изд. АН СССР, 1936.

⑲ Gary Rosenshield, "Choosing the Right Card: Madness, Gambling, and the Imagination in Pushkin's *The Queen of Spades*," *PMLA*, vol. 109, no. 5, 1994.

⑳ Ю.М. Лотман. Пиковая дама и тема карт и карточной игры в русской литературе начала XIX века. Пушкин: Биография писателя. Статьи и заметки, 1960-1990,《Евгений Онегин》: Комментарий. СПб.: Искусство-СПб, 1995.

㉑ Caryl Emerson, "*The Queen of Spades* and the Open End," in David Bethea（ed.）*Pushkin Today*, Bloomington: Indiana UP, 1992.

㉒ 郡伸哉『プーシキン 饗宴の宇宙』（彩流社、一九九九年）

『ベールキン物語』

㉓ Richard Gregg, "A Scapegoat for All Seasons: The Unity and the Shape of *The Tales of Belkin*," *Slavic Review*, 30: 4（1971）.

㉔ David M. Bethea, Sergei Davidov, "Pushkin's Saturnine Cupid: The Poetics of Parody in *The Tales of Belkin*," PMLA, vol. 96, no. 1,（1981）.

㉕ Jan M. Meijer, "The Sixth Tale of Belkin," in Jan van der Eng et al., *The tales of Belkin by A.S. Pushkin*, Mouton, 1968.

㉖ С.Г. Бочаров. Поэтика Пушкина. М., 1974.

㉗ Andrej Kodjak, *Pushkin's I.P. Belkin*, New York University, 1979.

〈翻訳〉

神西清訳『スペードの女王／ベールキン物語』（岩波文庫）

中村白葉訳『スペードの女王他一編』（角川文庫）

木村浩訳『スペードの女王』（集英社世界文学全集23）

佐々木彰訳『ベールキン物語』（講談社世界文学全集27）

Alexander Pushkin（Translated by Paul Debreczeny）, *The Queen of Spades and Other Stories*, London: Oneworld Classics, 2011.

Alexander Pushkin（A New Translation by Alan Myers）, *The Queen of Spades and Other Stories*, Oxford University Press, 1997.

プーシキン年譜

一七九九年

五月、モスクワに生まれる。父セルゲイは退役近衛少佐、母ナデージダはピョートル大帝時代にロシアに来たアビシニア（エチオピア）人ガンニバルの孫。

一八〇一年　二歳

皇帝パーヴェル一世暗殺、アレクサンドル一世が即位。

一八一一年　一二歳

一〇月、ペテルブルグ近郊に新設のツァールスコエ・セローの貴族学校《リツェイ》に入学。

一八一二年　一三歳

六月、ナポレオン軍の侵攻を受けた祖国戦争の開始。九月モスクワ占領、一〇月、ナポレオン軍撤退開始。

一八一四年　一五歳

四月、連合軍がパリ占領。詩「友なる詩人に」発表、盛んに詩作を行う。

一八一五年　一六歳

進級試験で「ツァールスコエ・セローの思い出」を大詩人デルジャーヴィンの前で朗読。詩人ジュコーフスキーと知り合う。

一八一六年　一七歳
作家・歴史家カラムジーン宅に出入りし、のちの『哲学書簡』の作者チャーダーエフと知り合う。

一八一七年　一八歳
六月、リツェイ卒業、十等文官としてペテルブルグの外務院翻訳官に任命される。カラムジーン派の文学サークル「アルザマス」に入会。貴族学校《リツェイ》の学友に向けた詩「仲間たちに」、専制批判的な頌詩「自由」など。

一八一八年　一九歳
ペテルブルグで放埒な生活。詩「バッカスの勝利」、政治詩「チャーダーエフに」など。

一八一九年　二〇歳
リベラル派のサークル「緑のランプ」（福祉同盟支部）に入会。農奴制批判の詩「農村」。

一八二〇年　二一歳
五月、反政府的作詩により南ロシアに転勤という形の追放（南方時代－二四まで）。夏にクリミア・コーカサスを旅行。秋以降ベッサラビアのキシニョフに住み、後のデカブリストの軍人ミハイル・オルロフらと交際。魔法使いにさらわれた皇女と騎士の物語詩『ルスラーンとリュドミーラ』、詩「黒いショール」。

一八二一年　二二歳
ギリシャ独立運動のイプシランティ少

佐に共鳴。新設デカブリスト南方結社の指導者ピョートル・ペステリと知り合う。コーカサス戦争を背景に愛のすれ違いを描く物語詩『コーカサスの捕虜』(二二発表)、聖母処女懐胎説をあざ笑う瀆神的物語詩『天使ガブリエルの歌』、反逆的詩「短剣」「オヴィディウスに」など。

一八二二年　二三歳
物語詩『盗賊の兄弟』(二五発表)、詩「検閲官におくる詩」「とらわれびと」など。何度か決闘事件を起こす。

一八二三年　二四歳
夏、国際貿易港オデッサに移動。バイロン風の倦怠からの覚醒をモチーフとした韻文小説『エヴゲーニー・オネーギン』執筆開始(刊行二五―三二)。クリミア・ハンのハーレムを舞台にした物語詩『バフチサライの泉』(二四発表)、詩「小鳥」「悪魔」「荒野に自由の種をまく者」など。

一八二四年　二五歳
六月、指揮官ヴォロンツォフ伯爵との確執で退職願を提出、両親の住むプスコフ県ミハイロフスコエ村に蟄居処分となる。父との不和。自由と嫉妬のテーマを含む物語詩『ジプシー』、詩「本屋と詩人の会話」「海に」「コーランのまねび」など。

一八二五年　二六歳
動脈瘤を理由に国外脱出を計画。ロシア史の動乱時代を扱った詩劇『ボリース・ゴドゥノーフ』（三〇発表）、不倫をテーマにした滑稽物語詩『ヌーリン伯』、恋愛詩「焼かれた手紙」「アンナ・ケルンに」、権力のテロルに抗した詩人を描く「アンドレ・シェニエ」など。一一月、アレクサンドル一世死去。一二月ペテルブルグでデカブリストの反乱。

一八二六年　二七歳

七月、デカブリストへの判決と首謀者五名の処刑を知る。九月、モスクワへ召喚。ニコライ一世自身がプーシキンの検閲官を務める条件で蟄居の解除が決定。ただし以降も諸方面で秘密警察長官ベンケンドルフの干渉を受ける。詩「ステンカ・ラージンの歌」「予言者」「冬の道」「Stances」、政府に強いられて書いた論考『国民教育について』など。

一八二七年　二八歳

詩「シベリアの鉱山の奥深く」をデカブリストの妻に託す。「アンドレ・シェニエ」をめぐって警察に陳述。詩人の天命をうたった詩「アリオン」「詩人」、自らの先祖を題材にした散文小説『ピョートル大帝の黒奴』（未刊、三七発表）。この頃から賭博熱が高まる。

一八二八年　二九歳

『天使ガブリエルの歌』の冒瀆性が事件化し、皇帝に手紙を書いて終結。北方戦争時代のウクライナ・コサックの統領マゼッパを描く物語詩『ポルタワ』、詩「予感」「アンチャール」「詩人と群集」。未来の妻ナタリヤ・ゴンチャローワと出会う。

一八二九年　三〇歳

四月、ナタリヤに求婚、断られ五月にコーカサスへ旅立つ。対トルコ戦争下にチフリス（トビリシ）を経てトルコのエルズルムに向かい、途上で客死した外交官・作家グリボエードフの遺骸と遭遇。一一月、ペテルブルグに帰還。詩「貧しき騎士」「旅の泣き言」、散文『書簡体小説の断章』。

一八三〇年　三一歳

西欧ないし中国旅行の許可を求め、却下される。体制派のジャーナリスト・作家ブルガーリンのプーシキン攻撃が激化。ナタリヤと婚約。九月、父から結婚祝いにもらったニジェゴロド県ボルジノ村を訪れ、コレラ禍で一二月はじめまで足止めを食らう。「ボルジノの秋」と呼ばれるこの時期に創作欲が高まり、韻文小説『エヴゲーニー・オネーギン』をほぼ完成させたほか、小悲劇四部作（『吝嗇の騎士』『モーツァルトとサリエリ』『石の客』『ペスト流行時の酒盛り』）、散文小説『ベールキン物語』（三一出版）、『ゴリューヒノ村の歴史』、物語詩『コロムナの家』、民話詩『坊主とその下男バルダの話』、宣言詩「わが系譜」などを執筆。一一月、ロシア治下のポーランドで反乱。

一八三一年　三二歳

一月、親友の詩人デーリヴィグの死。二月、モスクワでナタリヤと結婚。五月、ツァールスコエ・セローに転居、ゴーゴリと出会う。皇帝からピョートル大帝史の執筆を命じられ、古文書局への出入りを許される。ペテルブルグへ転居の後、一一月、外務院へ再奉職。妻が社交界で名を売る一方で、経済的逼迫が深刻化。ナショナリズム風の詩「ロシアを中傷するものたちへ」、祖国戦争を舞台とした論争的小説『ロスラーヴレフ』、民話詩『サルタン王の物語』。

一八三二年　三三歳

娘マリヤ誕生。社交界での妻のコケティッシュな振る舞いを危惧。『エヴゲーニー・オネーギン』最終章出版。復讐のために盗賊となった地主青年の小説『ドゥブローフスキー』起稿（未完、三七発表）、劇詩『ルサールカ』（未完）。

一八三三年　三四歳

プガチョフ反乱の資料を収集、八月、調査でヴォルガ中流のカザンから南ウラルのオレンブルグへ旅行。一〇月、領地で「第二のボルジノの秋」と呼ばれる充実期を経験した。ペテルブルグの洪水とピョートル大帝像を題材にした物語詩『青銅の騎士』、散文小説『スペードのクイーン』（三四発表）、『プガチョフ反乱史』、民話詩『漁師と魚の話』（三五発表）、『死んだ王女と七人の勇士の話』（三四発表）、詩「秋（断章）」など。年末に年齢不相応の年少侍従に任命され、屈辱を覚える。

一八三四年　三五歳

『プガチョフ反乱史』刊行のため国庫金を借用、借金返済に充《あ》てる。『スペードのクイーン』が評判になる。妻への私信が検閲されたことに怒り、退職願を提出、のちに詫び状を書かされる。この年、妻ナタリヤが社交界で伊達者のフランス人近衛騎兵隊少尉ダンテスと出会う。民話詩『金の鶏の話』、盗賊小説『キルジャーリ』、詩「西スラブ人の歌」など。

一八三五年　三六歳

教育大臣ウヴァーロフとの対立が表面化。経済的逼迫から六月にベンケンドルフに請願、四か月の賜暇と三万ルーブリの借財の許可を得る。九月－一〇月、ミハイロフスコエ村で静養と創作の試み。一八二九年の旅に寄せた散文『エルズルム紀行』、クレオパトラの宴をテーマにした小説『エジプトの夜々』、詩「さすらいびと」「ピョートル大帝の祝宴」など。

一八三六年　三七歳

妻ナタリヤとダンテスの仲が深まる。三月、母の死。四月、プーシキン編集の雑誌『同時代人』発刊（翌年の第四号まで）。妻の不倫のうわさに悩まされたあげく、プーシキンを「寝取られ男騎士団員」になぞらえた匿名の手紙の流布を契機に、ダンテスに決闘を申し込む。ダンテスがナタリヤの姉エカテリーナと婚約することでかろうじて回避。詩「私は自分に、人わざでない記念碑を建てた」、プガチョフの乱に取材した小説『大尉の娘』。

一八三七年

ダンテスが露骨にナタリヤに接近、ダンテスの養父であるオランダ大使フォン・ヘッケルンを黒幕とみて侮辱的な手紙を送る。ダンテスから決闘状。一月二七日決闘、二九日死亡。

訳者あとがき

本書の『スペードのクイーン』『ベールキン物語』は、ともにロシア小説の名品としてアンソロジーに収録されることも多く、昔から文学や語学の教育の場にも登場します。訳者自身、大学のロシア文学の授業で、スラヴ言語学・文学の泰斗《たいと》である故木村彰一教授から『ベールキン物語』を教えていただいた経験があり、アクセント記号やコメントをいっぱい書き込んだモスクワ「少年文庫」版（一九七一年出版）の教材を、今でも大事にとってあります。その意味で非常に身近な懐かしい作品なので、このたび自分で翻訳する機会が与えられたことを、大変喜んでおります。

ただし教科書になるようなオーソドックスな作品だからといって、決して訳しやすいわけではないということも、改めて思い知らされました。あくまでも簡潔でハイテンポで、単純明快とも見える表現の中に、複数の意味の層や音の流れを作っていくプーシキンの文章は、ドストエフスキーやトルストイなどの重厚な語り口に慣れた者にはなかなかの難物。泳ぎを忘れた泳者のような、心細さを味わう場面もありました。また、日本の読者にはなじみの薄い一九世紀前半のロシアの出来事や風俗が背景にある関係で、説明の必要な語彙も多く、分かりやすさと簡潔さの間で、選択を迫られる場面もありました。

訳の確認の段階では、格調の高い神西清《じんざいきよし》氏の訳やオックスフォード版のアラン・マイヤー訳など、先人の仕事に種々学ばせていただきました。しかしせっかく新しい訳の機会を与えていただいたので、自分なりのイメージに沿って、あえて慣行を破ったところもあります。一番大きなものは題名と文体の変更。『スペードの女王』という従来の題を『スペードのクイーン』としたのは、カードの♠のQを名指すにはそのほうが適切だと思ったからですし、さらに言えば、キング（王）の隣にいるあの女性を女王と呼ぶべきか王妃と呼ぶべきか、判断不能だったからです（ちなみにロシア語のこのカードの呼称を直訳すると「スペードの貴婦人」といった感じになります）。また、神西訳で「その一発」と呼ばれている短編を「射弾」としましたが、これは発射・発砲を意味するヴィストレルという原題の簡潔で激しい音の感じを残したかったのが動機です。『ベールキン物語』では、語りものの口調をなぞる試みとして、「ですます調」をベースにしてみました。

もちろんこの種の変更は違和感を伴いますし、とくに『スペードのクイーン』のような題名変更は、音楽や演劇など他の分野での慣例にも抵触することなので、迷惑な向きもあるかもしれません。適否はあくまでも読者の皆様のご判断にゆだねますが、編集部の方々のご心配を押して実現させていただいたことなので、責任は訳者にあることを断っておきます。

もう一つ、プーシキンの軽妙な小説には不似合いかとも思われる、長たらしい作品解説を付させていただきました。これらの作品の読み方をめぐって批評家や研究者の間で語られてきた事柄があまりに面白いので、翻訳テクストだけでなく解釈に関する議論も、読者の皆様と共有したいという気持ちに駆られたからです。話題の性格上、細かな問題も含むので、必ずしも読みやすく書かれてはいないかと思いますが、忍耐強い読者がこのようなマニアックな読解の世界にも興味を抱いてくださるならば、ロシア文学を愛する訳者として、それに勝る喜びはありません。

いつもながら訳の過程では、多くの方々のお世話になりました。とりわけ郡伸哉さん、坂庭淳史さん、鳥山祐介さんの近年の著書・論文からは、大きな刺激を受けました。直接の担当としていろいろ有益なアドバイスをしてくださった光文社古典新訳文庫の佐藤由布子さん、今野哲男さん、たくさんのわがままを聞いてくださった光文社の駒井稔さん、中町俊伸さんにも、深く感謝申し上げます。

二〇一五年新春　雪の札幌にて

望月哲男

kobunsha classics
光文社古典新訳文庫

スペードのクイーン／ベールキン物語《ものがたり》

著者　プーシキン
訳者　望月哲男《もちづきてつお》

2015年2月20日　初版第1刷発行
2020年11月25日　第2刷発行

発行者　田邉浩司
印刷　新藤慶昌堂
製本　ナショナル製本

発行所　株式会社光文社
〒112-8011東京都文京区音羽1-16-6
電話　03（5395）8162（編集部）
03（5395）8116（書籍販売部）
03（5395）8125（業務部）
www.kobunsha.com

落丁本・乱丁本は業務部へご連絡くだされば、お取り替えいたします。
ISBN978-4-334-75305-4 Printed in Japan

いま、息をしている言葉で、もういちど古典を

長い年月をかけて世界中で読み継がれてきたのが古典です。奥の深い味わいある作品ばかりがそろっており、この「古典の森」に分け入ることは人生のもっとも大きな喜びであることに異論のある人はいないはずです。しかしながら、こんなに豊饒で魅力に満ちた古典を、なぜわたしたちはこれほどまで疎んじてきたのでしょうか。

ひとつには古臭い教養主義からの逃走だったのかもしれません。真面目に文学や思想を論じることは、ある種の権威化であるという思いから、その呪縛から逃れるために、教養そのものを否定しすぎてしまったのではないでしょうか。

いま、時代は大きな転換期を迎えています。まれに見るスピードで歴史が動いていくのを多くの人々が実感していると思います。

こんな時わたしたちを支え、導いてくれるものが古典なのです。「いま、息をしている言葉で」――光文社の古典新訳文庫は、さまよえる現代人の心の奥底まで届くような言葉で、古典を現代に蘇らせることを意図して創刊されました。気取らず、自由に、心の赴くままに、気軽に手に取って楽しめる古典作品を、新訳という光のもとに読者に届けていくこと。それがこの文庫の使命だとわたしたちは考えています。

このシリーズについてのご意見、ご感想、ご要望をハガキ、手紙、メール等で翻訳編集部までお寄せください。今後の企画の参考にさせていただきます。
メール　info@kotensinyaku.jp

光文社古典新訳文庫　好評既刊

アンナ・カレーニナ（全4巻）

トルストイ
望月　哲男　訳

アンナは青年将校ヴロンスキーと恋に落ちたことを夫に打ち明けてしまう。一方、公爵令嬢キティはヴロンスキーの裏切りを知って―。十九世紀後半の貴族社会を舞台にした壮大な恋愛物語。

イワン・イリイチの死／クロイツェル・ソナタ

トルストイ
望月　哲男　訳

裁判官が死と向かい合う過程で味わう心理的葛藤を描く「イワン・イリイチの死」。地主貴族の主人公が嫉妬がもとで妻を殺す「クロイツェル・ソナタ」。著者後期の中編二作。

戦争と平和1

トルストイ
望月　哲男　訳

ナポレオンとの戦争（祖国戦争）の時代を舞台に、貴族をはじめ農民にいたるまで国難に立ち向かうロシアの人々の生きざまを描いた一大叙事詩。トルストイの代表作。（全6巻）

戦争と平和2

トルストイ
望月　哲男　訳

ナポレオンの策略に嵌り敗退の憂き目にあったアウステルリッツの戦いを舞台の中心に、アンドレイとニコライ、そして私生活ではピエールが大きな転機を迎える――。

戦争と平和3

トルストイ
望月　哲男　訳

アンドレイはナターシャと婚約するが、結婚までの1年を待ちきれないナターシャはピエールの義兄アナトールにたぶらかされて……。愛と希望と幻滅が交錯する第3巻。（全6巻）